威洛比家的孩子们

威洛比家的孩子们

〔美〕洛伊丝·劳里◉著

高雪莲◉译

北京联合出版公司
Beijing United Publishing Co.,Ltd.

献给我的德国女孩儿，
娜丁和安妮卡。

图书在版编目（CIP）数据

威洛比家的孩子们 /（美）洛伊丝·劳里著；高雪
莲译 . -- 北京：北京联合出版公司，2025.4. --（威
洛比一家）. -- ISBN 978-7-5596-8272-7

Ⅰ . I712.84

中国国家版本馆 CIP 数据核字第 2025NJ4222 号

THE WILLOUGHBYS
by Lois Lowry
Copyright ©2008 by Lois Lowry
Published by arrangement with Houghton Mifflin Harcourt Publishing Company
through Bardon-Chinese Media Agency
Simplified Chinese translation copyright © 2025 by Beijing Tianlue Books Co., Ltd.
ALL RIGHTS RESERVED

威洛比家的孩子们

作　　者：[美] 洛伊丝·劳里
译　　者：高雪莲
出 品 人：赵红仕
选题策划：北京天略图书有限公司
责任编辑：徐　鹏
特约编辑：钱凯悦
责任校对：高　英
美术编辑：刘晓红

北京联合出版公司出版
（北京市西城区德外大街 83 号楼 9 层　100088）
北京联合天畅文化传播公司发行
北京盛通印刷股份有限公司印刷　新华书店经销
字数 150 千字　　787 毫米 ×1092 毫米　　1/32　　9 印张
2025 年 4 月第 1 版　　2025 年 4 月第 1 次印刷
ISBN 978-7-5596-8272-7
定价：59.00 元（全 2 册）

目录

威洛比家的孩子们

不要错失一个充满"趣味"的世界

常立（儿童文学作家）

　　《威洛比家的孩子们》与《威洛比夫妇回来了》是美国著名儿童文学作家洛伊丝·劳里的新作。它们不像她的纽伯瑞金奖作品《数星星》和《记忆传授人》一样深邃、厚重、暗蕴哲理，而是清浅、轻逸、荒诞不经，但同样是精心构思的文学佳作，同样富于教育意义。

　　文学的教育，首先关乎趣味，"道德"或"知识"也应当蕴含在趣味之中。正如百余年前儿童文学理论的奠基之作《儿童的文学》一文中所述，"文学教育的作用：（1）顺应满足儿童之本能的兴趣与趣味；（2）培养并指导那些趣味；（3）唤起以前没有的新的兴趣与趣味"。全文的关键词就是"趣味"。

　　这两本新作中，看起来有不少对常规道德的违越之处。比如，父母应当爱孩子。可是威洛比夫妇却对四个孩子浑不在意，甚至策划了一次长途旅行来试着永远摆脱孩子们。再比如，孩子应当爱父母。可是威洛比家的孩子们也不喜欢父母，甚至帮助父母策划了前述旅行来试着永远摆脱父母。这两本新作中，还为读者提供了不少违反常识的另类的知识，其中最明显的一处是，威洛比夫妇在雪山被冰冻三十年后随着气候变暖苏醒过来，安然无恙，并且真的"冻龄"了。但倘若你是对文学较为陌生、甚至敌视文学的读者，读到上述这些"怪力乱神"的文字，就匆匆合上书本甚至按动举报键，那么你将错失一个充满"趣味"的世界。

所谓"趣味"，主要有三：

首先，这是一个给读者带来"惊奇"的虚构世界。 在这个世界里，一切计划都赶不上变化。梅勒诺夫指挥官的妻子与孩子原本计划享受一次美好的旅行，结果私人专列被雪崩掩埋了；梅勒诺夫指挥官原本计划用感伤和生闷气打发余生，结果他的生活被放在他门前的一个哭泣的婴儿改变了；威洛比夫妇原本计划抛弃孩子过上自由自在的生活，结果被冰封在雪山上整整三十年；蒂姆原本计划把制糖产业发扬光大，结果一夜之间因全国禁糖而濒临破产；普尔先生走南闯北，原本计划把百科全书在异地统统卖出去，结果却在家乡实现了这个目标；普尔太太省吃俭用，原本计划开个家庭旅店赚钱贴补家用，结果捅出一个让威洛比夫妇食物中毒的大篓子……总之，这是一个随时会出意外、无人敢打包票、到处都是草台班子、无法预料下一时刻快乐和不幸哪个会先到来的世界。其实仔细想想，我们生活的世界，不也是这个样子吗？而这个虚构世界其实比我们的现实世界更为安全，因为所有的角色在这个虚构的世界中不会真正死亡。因此，就像所有那些惊心动魄的冒险小说给读者提供的一样，我们可以在这个故事的阅读过程中，既冒险，又安全。

其次，这是一个让读者体验"反讽"的故事世界。 它开篇就告诉读者，"这是个老派的家庭"，但它和你读过的所有"老派"的儿童故事（包括但不限于《哈克贝利·费恩历险记》《绿山墙的安妮》《海蒂》《小妇人》《秘密花园》）有很大不同，这些差异构成了反讽。比如，老派儿童故事的主人公常常是孤儿，为了当上孤儿，威洛比家的孩子们才开展了"孤儿计划"。再比如，儿童故事的主人公常常要离家远行，为了让威洛比家的孩子们离家，威洛比夫妇才实施了出售房屋的计划；而梅勒诺夫指挥官的儿子则直接被妈妈赶出了家门，理由是"那是老派男孩变得强健和成熟的一种方式"。这些故意而为的强硬手法和毫不充分的行为动机，实则暴露出了故事的运作方式，沿袭了套路，也调侃了套路。因此，它适合于那些有兴趣了解如何讲故事的读者，相当于一套别开生面的故事写作课，可以教会你：如何设置主人公，如何使用在家－离家－回家的叙事结构，如何使用悬念，如何平行多线叙述，如何结尾……

第三，这是一个向读者展示"可能性"的想象世界。 所有优秀的故事，都会指向一个包蕴丰富可能性的世界，它包容各色的人和各种的价值观，即使是那些有缺陷的人和有不当之处的价值观。像威洛比夫妇这样不关心孩子的父母，也能从冰冻中复活；像普尔先生这样执着于过时的百科全书的推销员，也能意外地发财；像里奇这样自我中心、不知民间疾苦的富家儿童，也能和贫苦人家的孩子交上朋友；像蒂姆这样小时候独断专行的孩子，也能成为慈爱的父亲；像巴纳比这样在异国连言语都不十分通晓的孩子，也能孤身一人远渡重洋，找到自己的父亲……

最后，我还想强调一点，**趣味之外，故事里并非没有道德。**所有优秀的文学都以人之善良为基底，而所有优秀的儿童文学更是如此。一个人，单凭善良，可否在世界上信步而行，甚或好运相伴？儿童文学总是给予肯定的答案，这套书也不例外。因此，总是哭哭啼啼被蒂姆称为"永远也做不了重要的工作"的女孩简，最后成了颇有贡献的女性主义教授；因此，穷人家的男孩温斯顿，最后想出了变糖果为糖果味牙膏从而拯救了蒂姆家企业的好主意；因此，穷人家的女孩温妮弗雷德，最后发现了真正的金子——那些都是父亲普尔从远方寄来的"石头"，他仅仅因为知道女儿喜欢收集奇石，就把捡到的石头作为礼物寄了回来。这些爱的礼物，正是真正的金子。

这就是故事里所说的"顺其自然"，中国有另一句古话——"但行好事，莫问前程"。这个看起来荒诞无稽的故事所蕴藏的价值观，正在此处。

1
老派家庭和讨厌的婴儿

从前，有一户姓威洛比的人家，这是个老派的家庭，他们有四个孩子。

老大是个男孩，名叫蒂莫西，十二岁。老二和老三都叫巴纳比，是一对十岁的双胞胎。没有人能分清他们，加上名字也一样，就更让人困惑了。于是大家就叫他们"巴纳比A"和"巴纳比B"。大部分人，包括他们的父母，都会直接叫他们"A"和"B"，好多人都不知道这对双胞胎居然有名字。

还有一个女孩，成天怯生生的，戴着一副眼镜，留着刘海，是个漂亮的小可爱。她是最小的，只有六岁半，她的名字叫简。

他们生活在一个普通的城市，住在一栋高高瘦瘦的房子里。他们做着所有老派故事里的孩子都会做的事情。他们上学，去海滩。他们办生日派对，偶尔去一趟马戏团或者动物园，尽管这两个地方他们都不太在乎，除了大象。

他们的父亲是一个没有耐心、性情暴躁的人，每天都带着一个公文包和一把雨伞去银行上班，即使根本没有下雨。他们的母亲是一个又懒惰、脾气又坏的人，她不上班，总是戴着一串珍珠项链，随便做做饭。有一次她读了一本书，因为书里有很多形容词，就觉得那书不合口味。偶尔她也会看看杂志。

威洛比夫妇经常忘记自己有孩子，然后每次一想起来就觉得头疼。

和许多老派的男孩一样，老大蒂姆①有一颗金子般的心，但他把它藏在了霸道的表象之下。总是由蒂姆来决定其他孩子该做什么：比如玩什么游戏（"现在我们来下象棋吧，"他时不时地说，"规则是只有男孩能玩，每吃掉一颗棋子，女孩就要负责奖励饼干。"）；在教堂里的行为举止（"好好跪着，面露愉悦，但心里只想着大象。"有一次他这样告诉他们）；是否能吃母亲做的饭（"我们不喜欢这个。"他会这样说，然后他们就要放下餐具，拒绝吃饭，哪怕已经非常非常饿了）。

有一次，他们拒绝吃晚饭后，妹妹私下悄悄对他说："我挺喜欢的。"

可蒂姆瞪着她，回复道："那是包菜肉卷。你不可以喜欢包菜肉卷。"

---

①蒂莫西的简称。——编者注

"好吧。"简叹了口气。她饿着肚子睡了，然后做了个经常出现的梦——她长大了，更加自信了，终于有一天她能玩自己想玩的游戏，吃自己想吃的食物。

如同老派故事里那样，他们的生活按部就班地继续着。

甚至有一天，他们在家门口发现了一个婴儿。这在老派故事里十分常见。比如，鲍勃西家的双胞胎就在门口发现过一个婴儿。可这在威洛比家还是头一遭。那个婴儿躺在一个柳条篮里，穿着一件粉色的毛衣，毛衣上用安全别针别了一张纸条。

"不知道父亲出去上班时为什么没注意到这个。"巴纳比A俯视着篮子说。篮子就在他们家前门的台阶上。早晨，他们四个准备去附近的公园散步时，篮子堵住了去路。

"父亲没察觉到——你们懂的，"蒂姆指出，"他一般会从障碍物上面跨过去。不过我估计他把它推到了一边。"他们全都俯视着篮子里的婴儿，婴儿看起来好像睡着了。

他们在脑海中想象了一下这样的画面：父亲先用收拢的黑伞把它轻轻推到一边，然后大跨步走了出去。

"我们可以把婴儿交给垃圾工，"巴纳比B提议道，"A，你提一个把手，我提另一个，我认为我俩很轻松就能把它弄到台阶下面去。婴儿重吗？"

"请问，我们可以读一下那张纸条吗？"简问。她尽可能用上了秘密练习过的自信的语气。

纸条是叠起来的，所以看不见里面的内容。

"我觉得没那个必要。"蒂姆回复道。

"我认为我们应该看看，"巴纳比B说，"上面可能有重要的信息。"

"万一找到这个婴儿有奖金呢，"巴纳比A提议道，"或者，这可能是一张索要赎金的纸条。"

"你这个笨蛋！"蒂姆对他说，"手上有婴儿的人才能发出索要赎金的纸条。"

"那，也许我们可以发一张。"巴纳比A说。

"也许上面有这个婴儿的名字。"简说。简对名字非常感兴趣，她总觉得自己的名字不够好，因为音节太少了，"我想知道她的名字。"

那个婴儿扭动了一下，睁开了眼。

"我猜，纸条可能是婴儿的说明书，"蒂姆说着，朝她仔细看了看，"也许会说明，如果找到一个婴儿，应该放哪儿。"

婴儿开始呜咽，很快，呜咽变成了号叫。

"或者，"巴纳比B捂住耳朵说道，"怎么才能让她不要尖叫？"

"如果纸条上没有写名字，我可以给她起个名字吗？"简问。

"你想叫她什么？"巴纳比A好奇地问。

简皱起眉。"我觉得，有三个音节的名字比较好，"她说，"婴儿值得拥有三个音节。"

"布兰妮？"巴纳比A问。

"也许吧。"简回答。

"麦当娜？"巴纳比B提议。

"不，"简说，"我觉得，塔夫塔吧。"

现在，婴儿一边挥舞着拳头，一边蹬着圆胖的小腿儿，放声大哭。威洛比家的猫出现在门口，它短暂地凝视了一下篮子，然后胡须一抽，冲回了家里，仿佛被那个声音吓着了。婴儿的哭声确实有点像小猫咪在叫，也许这就是原因吧。

蒂姆终于伸出手来，避开乱动的小拳头，取下那张纸条默读了一遍。"和通常的情况一样，"他对其他人说，"可悲。和我想的一样。"

接着，他大声读了出来："我选择这栋房子，是因为这里看起来住着幸福可爱的一家人，生活富足，能再多养一个孩子。唉，我实在是太穷了。我陷入了困境，没法照顾我亲爱的宝贝。请好好对待她。"

"双胞胎，提那个把手。"蒂姆对两个弟弟说。他自己提起另外一个把手："简，你拿着纸条。我们把这个讨厌的家伙搬进去。"

简拿起叠好的纸条，跟在哥哥们后面。他们提起篮子，把它搬进了客厅，放在一张东方地毯上。婴儿发出的声音很快就被察觉到了。

他们的母亲皱着眉打开走廊尽头的门，从厨房里探出身子："那是什么声音啊？我正在努力记住肉糜卷的食材呢，吵得我都记不住自己在想什么了。"

"哦，有人在我们家门口放了一个讨厌的婴儿。"蒂姆对她说。

"我的天哪，我们不想要什么婴儿！"母亲一边说，一边走过来看了看，"我一点也不喜欢这种感觉。"

"我愿意把她留下来，"简轻声说道，"我觉得她挺可爱的。"

"不，一点也不可爱。"巴纳比A看着她说道。

"对，一点也不可爱。"巴纳比B赞同道。

"她有小卷毛耶。"简指出。

母亲凝视着这个婴儿，然后走向客厅。客厅桌上有一个篮子，装着米色的针织物。她翻出一把镀金剪刀，若有所思地快速剪了几下试试。接着，她伏在柳条篮上剪了下去。

"现在她没有小卷毛了。"母亲挪开剪刀说道。

简注视着那个婴儿。她突然停止哭泣，张大眼睛朝简看过来。"天哪。没有卷毛就不可爱了，"简说，"我猜我不想要她了。"

"孩子们，把她带到别处去，"母亲说着，便转身朝厨房走去，"把她处理掉。我正忙着做肉糜卷呢。"

四个孩子又把篮子拽到了门外。他们想了想，然后讨论起来。实际上，想出办法的人是巴纳比A，他把计划解释给蒂姆听，因为所有的事情都是由蒂姆决定的。

"把玩具小车拿来。"蒂姆命令道。

小车放在家门口的楼梯下面，和自行车摆在一起。双胞胎把它从那儿拿了出来。男孩们把篮子放上小车，妹妹在一旁观看。接着，他们轮流扶着小车的把手，把篮子里的婴儿运上街，过了马路（小心地等了红灯），然后又拖了两个路口，朝西边拐了个弯，又走了一段路，最后抵达了目的地。他们在一栋冷峻无情的名叫梅勒诺夫公馆的房子前停了下来。住在这里的先生是一位百万富翁，甚至可能是亿万富翁。可他从来不出门。他一直待在家里，躲在放下的发霉窗帘后面数着钱，总觉得有人要害自己。就像另一个老派故事的主人公史克鲁吉，因为过去发生的某个悲剧，导致他失去了对生活的热情。

这座公馆比附近的其他房子要大得多，但一片狼藉。围绕院子的铁栏杆东倒西歪，院子里也乱糟糟地堆满了各种废弃的家具。有几个窗户坏了，直接钉上了木板，还有一只瘦弱的猫在门口一边挠痒痒，一边喵喵叫。

"等一下，A，"蒂姆说，此时，他的弟弟推开院门，"我得往纸条上加点东西。"他朝简伸出手。简从她荷叶边连衣裙的口袋里小心翼翼地掏出一张叠好的纸，放进他的手心。

"笔。"蒂姆要求道。其中一个巴纳比递给他一支铅笔——所有孩子都习惯随身携带着蒂姆有可能需要和想要的一切东西。

巴纳比B转过身，以便让蒂姆把他的后背当成桌子。

"你知道我写的是什么吗，B？"蒂姆写完后，问弟弟。

"不知道。龙飞凤舞的。"

"你得提升一下能力，"蒂姆指出，"如果换成我当桌子，我能一字不落地全说出来，包括标点符号。等你有机会的时候再练练吧。"巴纳比B点点头。

"你也是，A。"蒂姆看着另一个弟弟说。

"我会练的。"巴纳比A承诺道。

"我也是。"简附和道。

"不，你不用。因为你是女孩，你永远也做不了重要的工作。"蒂姆对她说。

简悄悄地哭了，但没有发出声音，所以没有人注意到。她发誓，流下这些无声的泪水后，有一天，她会证明蒂姆错了。

"我是这样写的，"蒂姆拿起纸条，对他们大声读道，"附注：如果找到这个讨厌的婴儿有什么奖金的话，应该交给威洛比家。"

其他孩子纷纷点头。他们觉得这则附注是个好主意。

"你可以把'应该'换成'必须'。"巴纳比B提议。

"好主意，B。转过去。"

巴纳比B转过身，蒂姆再次把他的后背当成桌子，擦去一个词，写上了另一个。巴纳比B能感觉到他在画线。接着，蒂姆大声读道："如果找到这个讨厌的婴儿有什么奖金的话，必须交给威洛比家。"

他重新叠好纸条，朝篮子俯下身。接着，他停了下来。

"转过去，B。"他命令道。弟弟再次转身给他当桌子，蒂姆又加了一句话。他叠起纸条，别在婴儿的毛衣上。

"开门，简。"蒂姆说着，简随之拉开了门，"注意了，一、二、三——起！"三个男孩合力，把装着婴儿的篮子提出玩具车。然后把它搬到那座公馆年久失修、积满尘埃的门廊上，扔在了那儿。

孩子们走回家。

"蒂姆，后来你在纸条上加了什么啊？"巴纳比A问。

"另一则附注。"

"是什么呢，蒂姆？"巴纳比B问。

"就是'她的名字叫露丝'。"

简噘了噘嘴。“为什么啊？”她问。

“因为，”蒂姆诡秘一笑，说道，“我们是冷酷无情的威洛比一家[1]。”

①ruthless，冷酷无情，同时词根“less”是“没有”的意思，所以既表示冷酷无情，也表示“没有露丝（Ruth）”。——译者注

2
父母的阴谋

晚饭过后，威洛比夫妇在壁炉前坐了下来。威洛比先生在读报纸，威洛比太太在织米色毛衣。

四个孩子穿着法兰绒睡衣走了进来。

"我在给猫织毛衣。"威洛比太太说完举起织物，一只瘦瘦窄窄的小袖子已经成形了。

"我还期待着你给我和B再打一件毛衣呢，"巴纳比A说，"轮流穿一件毛衣很不方便。"

"我解释过很多次了，"母亲恼怒地说，"A，每个星期一三五你穿。B，二四六你穿。星期天谁打赢谁穿。"

她转向丈夫说道："真闹心，今天孩子们都想要自己的毛衣。"她又勤奋地织了几针。

"孩子们？"威洛比先生放下报纸，不耐烦地说，"你们想要什么吗？"

"我们希望，也许你能给我们读个故事，"蒂姆说，"书里的父母都会在睡前给孩子讲故事。"

"我相信那个大多是母亲去做的。"威洛比先生说着，朝妻子看去。

"我很忙，"威洛比太太说，"猫需要毛衣。"接着她赶紧多织了几针。

威洛比先生皱起眉头。"给我一本书。"他说。

蒂姆走到书柜前，拨弄着立在架子上的书卷。

"快点，"父亲说，"我那篇关于利率的文章还没读完呢。"

很快，蒂姆递给他一本童话故事。父亲随便翻开一页，孩子们围坐到他的脚边。他们看起来就像是圣诞卡片上的一幅画。"上帝保佑我们，保佑每一个人！"巴纳比A嘀咕道。蒂姆戳了戳他。威洛比先生大声朗读起来。

在一片茂密的森林旁，住着一位贫穷的樵夫和他的妻子。他们有两个孩子，男孩名叫汉塞尔，女孩名叫格莱特。他们只有一点点粮食了。有一次，大饥荒降临在这片土地上，他们连每天吃的面包都没有了。夜里，樵夫躺在床上辗转反侧，对妻子抱怨道："我们怎么办啊？我们自己都没有东西吃，还拿什么喂养我们可怜的孩子啊？""我告诉你怎么办，"女人回答，"明天一大早，我们就把孩子们带到森林的最深处去，给他们生个火，一人给一块面包，然后我们就回来干活儿，让他们自生自灭吧。他们再也找不到回家的路，我们就可以摆脱他们了。"

简的下嘴唇颤抖起来，发出一声轻轻的啜泣。巴纳比A和巴纳比B看起来非常紧张。蒂姆皱着眉。

"结束。"父亲啪的一声合上了书，说道，"睡觉。"

尽管简仍然抽着鼻子，孩子们还是安静地小跑着上楼睡觉去了。威洛比太太织起新的一排。威洛比先生拿起报纸，但没有看，而是望着某处发起呆来。然后，他说："亲爱的？"

"嗯？亲爱的。"

"我需要问你一个问题。"他轻轻地咬了咬嘴唇。

"什么？亲爱的。"

"你喜欢我们的孩子吗？"

"噢，不，"威洛比太太说着，用镀金剪刀剪断了打结的毛线，"从来都不喜欢。尤其是高个儿那个，他叫什么来着？"

"蒂莫西·安东尼·马拉可·威洛比。"

"对，就是他。我最不喜欢的就是他。不过其他孩子也很糟糕，那个女孩动不动就哭哭啼啼，前天她还想叫我收养一个讨厌的婴儿。"

丈夫耸了耸肩。

"然后是我分不清的那两个，"威洛比太太继续说道，"穿同一件毛衣那两个。"

"那对双胞胎。"

"是的，他们俩。他俩到底为什么长得那么像？这让人很迷惑，也很讨厌。"

"我有个想法，"威洛比先生说着，放下了报纸，他满意地摸了摸眉毛，"太卑鄙无耻了。"

"听起来不错，"妻子说，"什么想法？"

"让我们从此摆脱孩子们。"

"天哪，得把他们带到黑暗的森林里去吗？我没有合适的鞋啊。"

"不，有个更好的计划，更有效率一些。"

"噢，太好了。我洗耳恭听。"她恶毒地笑了笑，同时一丝不苟地留了几针，给猫尾巴留了个洞。

3

密谋成孤儿

"难道我们不应该是孤儿吗？"巴纳比B问。

威洛比家的孩子们坐在门口台阶上，玩着一个复杂的游戏，只有蒂姆一个人知道游戏规则。

"为什么？"巴纳比A一边问，一边往下挪了一级，因为规则说，如果他提问，就必须向下挪一级，"为什么"当然是一个提问。

"因为，"巴纳比B解释道，"我们就像老派故事书里的那些孩子，而且——"

"他们大部分都是孤儿。"简说。她向下挪了两级，因为她插嘴了，这是违规的，现在她是位置最低的那个了。

"有价值，且值得帮助的孤儿。"巴纳比B补充道。

"还很讨人喜欢。"简说。

按照规则，弟弟妹妹分别往下挪了一级。只有蒂姆，这个游戏和规则的创建者，仍然待在门口那几级台阶的顶部。"我赢了，"他宣布道，"我们再玩一局吧。"

四兄妹一起在中间一级台阶上坐了下来。

"我们留在公馆的那个婴儿就是个孤儿，"简指出，"可她既不值得帮助，也没有价值，也不讨人喜欢。"

"别跟个笨瓜似的，简，"蒂姆说，"你得下去一级。露丝不是孤儿。"

简叹了口气，下移了一级。"可是——"她刚要说。

"她有母亲，笨瓜。她有一个丑恶的母亲，把她遗弃在一个篮子里。真正的孤儿应该是父亲死了，母亲也许在印度发生的霍乱中死了，就像《秘密花园》里的玛丽·伦罗克斯一样。"

"哦，对！"简热心地回想起来，"或者波丽安娜！她的父母死了，于是她得一个人搭长途火车！还有绿山墙的安妮，记得吗？她就是从孤儿院出来的！"

"但她们都是女孩，"她补充道，"不知道有没有男孤儿。"

"有，詹姆斯，《大仙桃》里那个家伙。他的父母被动物园逃出来的河马（hippo）吃了。"巴纳比B指出。

"下去一级，B。"蒂姆命令。

"为什么？"

"因为你没说河马的全称（hippopotamus），威洛比家族不使用傻兮兮的简称。"

"实际上，我觉得那是只犀牛（rhino），"巴纳比A还想着詹姆斯的事儿呢，"哎呀。对不起，"他说，蒂姆瞪着他，"我的意思是犀牛（rhinoceros）。"

"可你的全名是蒂莫西·安东尼·马拉奇·威洛比，"巴纳比B指出，"那'蒂姆'不就是傻兮兮的简称吗？"

蒂姆随手指了指下一级台阶。巴纳比B下移了一级。他的双胞胎兄弟也跟了下去。

"不过，我挺喜欢让我们变成孤儿这个主意，"蒂姆说，"B，我准许你上来一级，好好想想这件事。同时，我自己也要往上挪一级。"

于是，蒂姆把位置让给他，自己上移了一级。

"我猜，我们得想办法让父母离我们远点，"蒂姆说，"我要再向上一级，因为我想出了这个绝妙的主意。"他又上移了一级，现在他距离台阶顶部只有一级了。

"反正我也不太喜欢他们，"巴纳比B说，"母亲让我们穿这件令人作呕的米色毛衣。袖子太长了。"他抬起一条胳膊给他们看，"我绝对不喜欢她，也不喜欢父亲。"

"我也是，"巴纳比A说，"父亲没有尽到他应尽的责任，母亲则是一个糟糕的厨师。"

"简，你呢？"蒂姆狐疑地看着妹妹。

简耸耸肩。"我已经在最下面一级了，"她伤心地说，"下不去了。"

"我们可以把你塞进地下室的储煤箱里，"蒂姆指出，"如果你说你喜欢他们的话，我们会那样做的。"

简想了一会儿。"不，"她说，"我不喜欢，不是特别喜欢。"

"很好，"蒂姆宣布道，"我要再上一级，因为我让简想出了那个优秀的答案。"

蒂姆上移了一级。"我又赢了，"他说，"你们都别想赢。"

"请问我能说话吗？"巴纳比A问。蒂姆点点头，表示允许。

"有些孤儿是因为航海造成的，"巴纳比A指出，"经常有海盗，或者冰山。"

"还有海蛇，"他的双胞胎兄弟补充道，"尽管我并不完全相信海蛇的存在。"

"我相信巨型乌贼是存在的。"简耸了耸肩，说道。

"说得好，"蒂姆很认可，"还有食人鱼。我们的父母会不会正在计划一次旅行？而且要坐船？"

"我不知道。"

"我不知道。"

"我不知道。"

弟弟妹妹同时回答，于是又各自降了一级，因为回答一模一样，听起来就像回音一样。尽管游戏已经结束了。

"现在，"蒂姆一边说，一边从楼梯下面取出他的自行车，"我要出去一会儿，去一趟千夫所指旅行社。我想会有办法，可以让我们的父母走得很远。"

"蒂姆，你真是冷酷无情。"巴纳比A开心地评价道。

"是的，而且很快也要变成孤儿了。"

4

即将到来的旅行

"亲爱的家人们，"晚餐时，威洛比太太一边用小手锯分切着烧过头的羊腿，一边说，"我和你们的父亲决定去旅行。"

"去航海吗？"蒂姆舀起一些黏黏的肉汁，浇在分给他的那份让人毫无食欲的肉上。

"你怎么知道的，是啊，"母亲回复道，"事实上，我们要进行一次长途航行，一路上会经过很多有趣的站点。我们的信箱里多了一张多姿多彩的宣传页，是来自——让我看看，叫什么名字来着？"她拿起一张光亮的纸，看了看。

"千夫所指旅行社？"蒂姆提示道。

"没错！"母亲对他微笑着说道，"儿子，你真聪明。希望你能凭借着聪明才智，赢得一份奖学金，这样你就能去上大学了。"

"那我和B呢？"巴纳比A问，"我们不聪明。"

"还有简呢？她是个十足的笨瓜，"巴纳比B补充道，"意思是我们不能上大学了吗？"

父亲瞪着他们。"你们认识字，不是吗？"他问。

"嗯，当然了，我们认识字。"双胞胎回答。

"就连我也是识字的，"简说，"虽然我是个十足的笨瓜。"

"那么，你们应该感到非常幸运。世界上有很多不那么幸运的人。我听说，不发达国家的人是不认识字的。"

说着，威洛比先生从妻子手里接过宣传页，递给巴纳比B："来，测试一下。读来听听。读不出来就没有甜点。"

巴纳比B饶有兴趣地看着宣传页的封面。"探访异域风情。"他大声读道。

"到另一个了。"威洛比先生抓起宣传页，递给巴纳比A。巴纳比A大声读道："正在喷发的火山，凶猛的野生动物，洪水，饥荒，还有——"

"最后到这个女孩。"威洛比先生再次抓起宣传页，递给了简。简字正腔圆地读道："地震，内乱，战争。"

"很好，你们都识字，每个人都有甜点。没有大学，你们不需要读大学。"威洛比先生放下叉子，"亲爱的？"他用探询的眼神看着妻子，"要不要把我们的计划告诉他们？"

"请说吧。"她说。

"因为这张千夫所指旅行社的宣传页，我们决定去度个假。"威洛比先生宣布。

"嗯，这你已经说过了。"简指出。

"别打岔。"

"对不起。"简低着头说。

"因此，"他继续说道，"由于把你们独自留在家里是违法的——"

"是吗？"巴纳比A好奇地问。

"我们不介意独自待在家，"蒂姆说，"事实上，我们挺喜欢那样的。"

威洛比先生瞪着他们。"我可以继续说了吗？"他尖锐地问道。

孩子们礼貌地点点头。"对不起。"他们一起嘀咕。蒂姆感觉自己很失败，于是踢了一脚桌子下面的猫。

"因此，"父亲接着说，"我们决定请一个保姆。"

5

讨厌鬼保姆来了

"又来了一个。"楼下的门铃响了，巴纳比A从窗口望下去说道。

威洛比兄妹待在这栋瘦高房子的四楼，这层楼以前是一个发霉的、结满蜘蛛网的阁楼，现在是一个发霉的、结满蜘蛛网的游戏室。

"这个人长什么样？"坐在桌前的巴纳比B边问边朝A看过去。巴纳比B面前铺着一张长长的纸，他正在纸上画一幢摩天大楼。"八十九、九十。"他一面嘀咕，一面多画了两扇窗户。巴纳比B是个一丝不苟的人，他决定这栋摩天大楼要有三百三十六扇窗户，每层楼十二扇，所有窗户都得一模一样。他用尺子量好，然后用铅笔轻轻地画出线条，最后再用墨水笔描一遍。

"身强力壮，戴着顶帽子。"他的双胞胎兄弟描述道。

"A，我要从你今天的总分里扣掉四分，"蒂姆说，"因为你什么有用的细节都没说。"他放下书，走到窗前，举起一副双筒望远镜，朝前门台阶处望去。"脚很大，穿着一双麂皮绒系带鞋，"他说，"拿着一个假的鳄鱼皮皮包，没戴手套，左手腕有一只男士手表，帽子左边有一朵褪色的粉花，她还拿着一沓报纸，也许是看了报纸上招聘保姆的广告来的。"

简一直在费力地写一张纸条，准备别在旧玩偶的毛衣上。她走向窗户。"我能看看吗？"她问蒂姆。

"不能，"他说，"提问扣两分。现在她要第二次按门铃了，她伸出了右手食指。"

门铃响了。

"我预测对了，得四十分。"蒂姆说。

"你觉得她看起来像坏人吗，就像昨天来的那个人？"巴纳比B问。"九十二。"他一边嘀咕，一边用墨水笔给又一扇窗户描边。

"不像。昨天来的那个人，她的小背包里有武器，"蒂姆说，"我很肯定。所以父亲根本没有面试，直接就把她打发走了。父亲不喜欢任何形式的武器。"

"嗯，他甚至连母亲的针织剪刀都防备着。"巴纳比B指出，"他认为所有的战争都应该通过愚弄、嘲笑和散播恶毒的谣言来进行。"

"那前天那个呢？"简问，她依旧想着保姆的事，"戴眼镜的，用手帕擤鼻涕的那个人。"

"惨绝人寰，"蒂姆说，"整个面试过程她都在痛哭流涕，最后在讲述过往工作经历时，才擦了一把。"

"她到底为什么哭？"简问。

"那个孩子因为营养不良死了，"蒂姆解释道，"她说到他瘦成了什么样，就哭了起来。"

"她为什么不给他吃东西？"

"她忘记了。"

"太惨了。"简说。

"父亲差点就聘用她了。但后来她又讲起了这个孩子的葬礼，她讲得非常伤感，父亲很讨厌伤感。她还轻拭了双眼，父亲也不喜欢别人轻拭双眼。"

"蒂姆，可以的话你再看看吧，门铃响两次了，不知道他们会不会让她进来。"巴纳比A提议道。

蒂姆透过窗户，向下一瞥。"是的，"他说，"她进来了。我要下到我的窥视所去。"他环视一周："简，你可以继续和玩偶过家家了。"

简老实地拾起铅笔，继续写刚才的纸条。纸条上写的是："我无法照顾我可怜的丑娃娃了。"

"A，我走后，你读我那本书，第十一章，并且准备向我汇报。"蒂姆说。

巴纳比A叹了口气。"可这是一本讲热力学的书，"他说，"太难了。"

蒂姆瞪着他。"这是在抱怨？"他问，"抱怨扣六分。"

他转向双胞胎的另一个。

"B，你继续画摩天大楼的窗户，"他说，"涂好墨水。等你弄到一百一十二个，我们来仔细检查一下，看看你量得准不准。如果不准，当然——"

巴纳比B点点头。"嗯，我知道。不准就得揉作一团扔掉。"他朝旁边的角落里一瞥，那儿有好几份之前画的摩天大楼，都被揉成了一团扔在那儿，其中一张差一点就完成了。

"我很快就回来汇报情况。"蒂姆说着便离开了游戏室。

五分钟后，蒂姆回来了。弟弟妹妹们都惊讶地抬起头来。"你好快啊，"巴纳比A从书上抬起头来说，"我连一点点热力学都没来得及学。"

"我也只画到了第九十七扇窗户，"巴纳比B说，"你回来得太突然了，吓了我一跳，画歪了。"

"揉掉。"蒂姆命令道。巴纳比B伤心地把他的摩天大楼揉成了一团。

"父亲雇用她了，"蒂姆宣布，"他没有进行面试，我想他们真是疯了。父亲说，'你被雇用了，那儿是你的房间'，然后指了指那个空闲的卧室。她已经在搬过来的路上了，出租车会把她的东西送过来。"

"那个空闲的卧室很恶心。"巴纳比A说。

"是的，有蟑螂。"巴纳比B补充道。

"无所谓，"蒂姆说，"我们又不用住在那儿。"

"那父亲和母亲呢？"简关切地问，"他们打算什么时候走？"

"已经走了。他们叫了辆出租车，前往码头乘船去了。"

"连再见都没有说？"简问，她的声音颤抖得可怜。

"简，"蒂姆对她说，"我要把你所有的分都扣掉了。你一分也没有了，因为你抱有不切实际的期望。还记得零分的人会怎样吗？"

"嗯，"简回答，"我得在墙角乖乖背着手罚站。"她走到墙角，面对墙壁站在那儿。事实上，墙角真是个好地方，可以好好思考如何成为一个有魄力的、有用的人。

"接下来我要介绍一下我们的新保姆了。"蒂姆说。

"我可以听吗？"墙角处传来一个小小的声音。

"当然可以。事实上，你必须听，这是要求，也许还会有个小测验。"

双胞胎兄弟并肩坐着，聚精会神地听着。简站在墙角，重心在两只脚上来回转移。

"我不知道她叫什么名字，"蒂姆说，"我估计她有名字，不过我不知道，反正我们都不会用名字来称呼她。明白吗？"

弟弟妹妹纷纷点头。

"她身强力壮。"蒂姆说。

"嗯，在窗口我就看出来了。"巴纳比A嘀咕道。蒂姆瞪了他一眼。

"现在她摘下了帽子，她的耳朵很大，头发花白，还乱糟糟的。"

"天哪。"简在墙角嘀咕。蒂姆瞪了她一眼。

"她穿着一双系带鞋，戴着一块男士手表，这块表好像快了三分钟。她的腿上有许多结块，我觉得她患有静脉曲张。这很好。她有可能无法快速走动。"

"那武器呢？"巴纳比A问。

"没有。当然，她包里装了什么我们也不知道。但她身上那个大手袋里什么也没有，只有一件叠好的围裙。她已经穿好围裙了。"

"什么是围裙？"

"就是用来防止弄脏衣服的一种东西。要穿围裙也许说明她有些毛手毛脚，有可能是个糟糕的厨子。"

"母亲就是个糟糕的厨子。"巴纳比B指出。

"没错。所以我们不用担心烹饪质量了，无论什么都比母亲做的强。"

"那我们应该担心什么呢？"简稍稍转过头来，问道。

"我得想想，"蒂姆说，"我相信会有的。"

"她不是坏人吗？"巴纳比A问。

"不是。"

"那她可怜吗？"巴纳比B问。

"也没有。"

"那是怎样？"简问。

"讨厌，"蒂姆说，"她是个讨厌鬼保姆。"

6

保姆的燕麦粥

"你的房间太臭了，"早餐时，简一边搅着她的燕麦粥，一边看着保姆说道，"我刚下楼梯就闻到了。"

"我也是，"巴纳比A说，"我都得用上我的哮喘吸入器了。"

"闻着就像毒气一样。"蒂姆指出，"另外，顺便说一句，你给我们做的这种丑陋的燕麦粥是什么啊？我们的父母没有告诉过你，早餐他们只给我们做火腿蛋松饼吗？或者奶油蓝莓薄饼？"

"他们没有做过，"简说，她很高兴自己的声音是有力的，"他们总是让我们吃煮鸡蛋。有时候鸡蛋黄都变成绿色的了。"

蒂姆瞪了她一眼，她连忙继续搅拌碗里的粥。

保姆转过身来看着他们。她系着那件印花围裙，站在炉灶旁，用一把木勺搅拌着燕麦粥。

"我用杀虫剂把我的房间喷过了，"她对他们说，"捏住鼻子数到三，像这样。"她演示了一下，左手捏住鼻子，右手继续搅拌。"一、二、三。"

威洛比兄妹被她的命令吓着了，纷纷捏住鼻子。

她看着他们："很好，经过我的房间时，就这样做。否则你们就会吸到苯甲酸氨基甲酸酯，然后痛得死去活来。"

"可以了，松手吧。"发现他们还捏着鼻子时，保姆说。她分别往男孩们的碗里盛了一勺燕麦粥，然后放在桌子上。

"我可不想把你们的死讯通知你们的父母。快把燕麦粥吃了，它含有丰富的可溶性纤维。"

"我们鄙视燕麦粥。"蒂姆对她说。

"那就饿着吧。"保姆说。

"我喜欢吃有葡萄干的。"简避开蒂姆的凝视，小声说道。

"明天早上我会加葡萄干的，"保姆说，"谢谢你的提醒，欢迎提出建议。"

"葡萄干简直就是大便。"蒂姆说。意外的是，其他孩子并没有注意到。

"也许还可以点缀一些红糖？"巴纳比A尝了一口，对保姆说。

"可以，我会考虑的。"她对A说。

"红糖简直就是——"蒂姆又来了。

"安静，吃饭。"保姆说。

"我的天哪，保姆，你插嘴了！"简紧张地说，"蒂姆会扣你的分数的。"

"分数？"保姆问，"什么分数？"

孩子们陷入了沉默。他们忐忑地朝蒂姆瞥了一眼，他正闷闷不乐地用勺子搅着自己那碗燕麦粥。

"是这样的，"巴纳比A说，"每天早晨，我们每个人都从五十分开始。然后，如果我们打岔了，蒂姆就会扣掉几分——"

"或者抱怨了。"简补充道。

"或者争论、捣乱、偷懒，还有……我忘了还有什么了。"巴纳比B说。

"那到这一天结束时，分数记录完毕后，会怎样呢？"保姆饶有兴趣地问道。

"冠军能洗热水澡，"简说，"其他人只能用剩下的水，到那时水已经凉了，而且有肥皂渣子。"她轻轻地耸了耸肩。

"冠军想几点睡就几点睡，"巴纳比A补充道，"其他人七点就得上床。"

"而且不能在床上看书。"巴纳比B伤心地说。

"而且，"简也说道，"冠军——"

保姆比了一个"打住"的手势。"我需要知道的都已经知道了，"她说，"你们每个人一早都是从五十分开始的吗？"

孩子们点点头。

"有没有人已经被扣分了？"

"有，"简说，"我醒来时打了个哈欠，扣了四分。这是个坏习惯。"

"我感到不舒服，用了一次哮喘吸入器，被扣了九分。"巴纳比A说。

"我的鞋带断了，"他的双胞胎兄弟补充道，"因为笨手笨脚被扣了五分。"

"看看你们的碗。"保姆命令道。他们都看了看，意外的是，有三个碗是空的。

"你们三个吃光了燕麦粥，所以我要给你们每个人加二十分。"

"而你，"她瞪着蒂姆说道，"连尝都没尝一下，我要扣你二十分。"

蒂姆赶紧喝了一口燕麦粥。

保姆动了恻隐之心。"好，"她对蒂姆说，"可以拿回去五分，吃完就能全拿回去。"蒂姆皱着眉头吃了起来。

7

忧郁的大亨

让我们把注意力转到梅勒诺夫公馆吧，就是距离威洛比家瘦瘦高高的房子有一段路程的那个房子。不久前，威洛比家的孩子们在这儿的门廊上留下了一个篮子，篮子里有一个婴儿。

梅勒诺夫先生——大家都叫他梅勒诺夫指挥官，没有什么特别的原因，只是因为他喜欢这个称呼而已。他居住在脏乱不堪的环境里：冰箱里堆着发霉的食物，到处都是老鼠屎，垃圾桶都漫出来了，因为好几个星期没有倒过。洗衣机已经停止工作好几个月了，里面的湿衣服都发霉了，但从来没有叫过维修工。在这脏乱不堪的环境里，气味自然也是非常难闻。

这样的脏乱不堪，和钱没有什么关系，倒是人们感到悲伤时，容易变成这样。梅勒诺夫指挥官就非常悲伤。

他凭借制造巧克力棒获得了巨额财富。他的工厂还在，钱财仍然源源不断地滚进来，因为让他大获成功的糖果销量过亿，供不应求。但是，梅勒诺夫指挥官再也不去办公室了。他待在他脏乱不堪的公馆里，整天生着闷气。

　　每天早上，他皱着眉头，吃着变味的吐司；午餐时，他的泪水都滴入了冰凉的罐头汤里；晚上，他伴着泪水咽下投递到门廊上的外卖披萨；到了夜里，他在没洗过的床单上躺下，在浸满了泪水的枕头上继续哭泣。曾经，他有一脸硬朗的胡子，一看就是个有头有脸的人物，但现在，他的胡子沾满了尘垢和风干的鼻涕，变得脏兮兮、硬邦邦的。

　　他如此悲伤，是因为他失去了妻子。他其实并不是特别喜欢她。尽管如此，没了老婆也是很让人伤心的。她是个乏味无趣的人，但极其整洁、一丝不苟，把家收拾得井井有条——甚至是过于完美。指挥官内心深处真正的、无休止的悲伤，源于他失去了自己的独生子，一个小男孩。当时，母子二人正在享受一次原本应该特别美好的旅行，他没有去。六年前，他们的私人专列在经过阿尔卑斯山脚下的一个村子时，被雪崩掩埋了。从那时起，救援人员就一直在高耸入云的雪堆里奋力挖掘，但到现在也没有找到尸骸。很长一段时间以来，梅勒诺夫指挥官每天都会收到一则消息，得知搜救的进展。

　　"今天挖了七英寸，但因为一场暴风雪，搜救暂停了。"一则消息汇报说。

　　"今天只挖了两英寸，因为大雾和几只不友好的山羊。"另一则说。

最初一段时间里，每天都有消息，后来越来越少。现在，六年后，依然偶尔会有消息滑进他家门口的信箱里。多年前，他就已经不看了。每天早上，一封贴着瑞士邮票的信件到来时，他便呜咽着把它拿起来，然后不再拆开，直接放在墙角处的一沓信件上面。如今这沓信件的高度已经达到了岌岌可危的程度，而且很多地方都被老鼠啃下来做窝去了。有时候，他会沉痛地望着那沓信件，然后想起他一丝不苟的妻子，要不是以如此悲剧的方式走了，应该会把这些东西整理好，按字母排序，依据日期和信封大小，甚至有可能依据邮票的颜色来归类。想起她——他发现已经想不起她的名字了——是如何的有条理，他不禁感伤起来。

可悲伤的事已经说得够多了。

发生了一些事情。现在，梅勒诺夫指挥官的生活，意外地要改变了。

一天早晨，他拖着沉重的步伐，缓缓进入走廊去取信件时，听见门廊上传来一个声音。当然了，外面的世界经常会有各种声音。但这并不是常规的松鼠咬木栏杆的声音，也不是鸽子们在腐朽的地板上大摇大摆地走来走去的声音。那些声音他都很熟悉，已经被他忽略了许多年。

这个声音是与众不同的，是一种哀怨的恸哭。梅勒诺夫指挥官倚过身去，用食指戳开信箱。他透过信箱看见一个神奇的东西。他看见一个篮子，篮子里面有一个头发又短又硬的婴儿。

那个婴儿被信箱铜门打开的声音吓得止住了哭泣，她抬起头来，看见一把浓密而肮脏的胡子，胡子上面，有一双噙满泪水的眼睛惊讶地注视着她。

　　她打了个嗝，然后笑了。门缓缓地开了。

8

让人困惑的明信片

"看这个，"蒂姆嘟囔道，"到目前为止，他们还活着。"他凝视着今天早上收到的一张明信片，同时还收到了几张账单和一张令人心酸的小纸条。那张小纸条来自某位祖父母，希望能在四个孩子长大之前再见他们一面。

其他的信件他都扔了，只把那张明信片带到了楼上结满蜘蛛网的游戏室里。现在他正愁眉不展地看着它。

"地震死了上千人，可他们只是擦伤了一些，"他不满地说，"以这样的速度，我们永远也摆脱不了他们。"

"我能看看吗？"简礼貌地问。

"不能。对你来说，这太痛苦了。"

"那我们呢？"双胞胎兄弟异口同声地问道。他们畏缩了一下，因为异口同声是会被扣分的，可蒂姆被那张明信片分散了注意力，没有发现。

"快点看吧。"蒂姆把明信片递给他们。

巴纳比A的阅读速度极快。尽管蒂姆马上就把明信片抽走了，但他仍然读到了。

"储煤箱那部分我不太明白。"他说。

"储煤箱怎么了？"巴纳比B问，"我还没读到那儿。"

"是啊，储煤箱怎么了？"简问，"我最怕储煤箱了。"

蒂姆瞪了她一眼。"胆小鬼，扣五分。"他宣布道，"我来把这张愚蠢的明信片读一遍吧。"

"'亲爱的家人们，'"蒂姆读道，"'虽然轻微擦伤了一点，但我们在一场相当可爱的地震中活了下来（你们可能已经看到头条了：数千人死亡）……'"

"我的天哪，"简伤心地说，"我猜很多小猫咪也死了。太惨了。"

"嘘，"蒂姆对她说，然后继续读道，"'接下来，我们要去一条鳄鱼泛滥的河里划皮划艇。太有意思了！'"

"他们不会划皮划艇啊！"巴纳比A尖叫道。

"他们从来没有划过皮划艇！"他的双胞胎兄弟补充道。

"说得对。"蒂姆说。

"我能问个问题吗？"简羞怯地问。蒂姆仍然拿着那张明信片，点了点头。

"我很好奇，鳄鱼吃人是整个儿吞下去，还是咬成几块再吞呢？"

三个哥哥思考了片刻。

"咬成几块再吞的。"巴纳比A说。

"咬成几块再吞的。"巴纳比B说。

"是的，咬成大块再吞的，"蒂姆果断地说，"一块一块地吞，好消化，但吃得很快，无须品尝。就和我们吃母亲做的肉糜卷一样。"

"是'以前'，"简指出，"保姆做的肉糜卷很好吃。"

蒂姆轻轻瞪了她一眼。"继续。"他宣布，然后拿起卡片。"'希望保姆没有偷懒，'"他大声读道，"接下来这部分，"他说，"我不太明白。'如果有潜在客户来看房子，请藏在储煤箱里。'"

"什么是潜在客户？我很怕储煤箱，"简再次问道，"还记得那一次吗？因为我抱怨了，你们就把我关在里面，里面有老鼠。"

"我知道了！我知道是什么意思了！"巴纳比A迫切地举着手说。

"是的，我们俩都知道了！"他的双胞胎兄弟说，"我们刚才看见告示牌了！"

"什么告示牌？"蒂姆问。

"你看外面！就在窗台的长花盆上！"

蒂姆来到游戏室窗口，向一楼窗台上的两盆秋海棠看去。"我看见有一个告示牌，"他说道，"写的什么啊？"

"出售中！"双胞胎哥俩宣布道。

"出售我们？"简惊讶地问。

"不，笨瓜，"蒂姆说，"明显是要出售房子。"

"还写了'低价'两个字！"巴纳比B补充道。

"所以说，"蒂姆自言自语，"我们在摆脱他们的同时，他们也在摆脱我们。"

"一言难尽。"巴纳比A说。

"太恶毒了。"巴纳比B说。

"好吓人。"简说。

"太卑鄙了。"蒂姆说，"简直卑鄙无耻。"

9
聪明的伪装

门口那个女人给了蒂姆一张名片，然后介绍自己是一名房产中介。她对蒂姆说："一小时后，我会带一位潜在客户过来。我知道你们的父母已经和你们说好了，我带客户看房的时候，你们必须躲起来，不能被发现。"

"记住啊，"她严厉地说，然后摇了摇手指，"从现在起，一小时后我会过来。不要被发现。"

"天哪，意思是说储煤箱吗？我真的受不了储煤箱！"蒂姆告诉大家时，简哭了起来。

蒂姆深思了一番："她只说'不要被发现'，没有专门说'储煤箱'。"

"要是我们可以隐身就好了。"巴纳比A说。

"是啊，我们有一本漫画书，叫《隐形人》！"他的双胞胎兄弟提示道，"要是可以那样就好了！"

"事实上，我有个更妙的主意，"蒂姆宣称，"我们可以伪装起来。"

"伪装是什么意思？"简问，"疼吗？"

"不，笨瓜，意思是和环境融为一体，这样别人就注意不到我们了。"

"我们有穿迷彩服的玩具士兵！"巴纳比A想了起来，"但是被猫咬过，已经坏了。"他伤心地补充了一句。

"安静。我们没有太多时间，已经过去五分钟了。"蒂姆认真地看着其他孩子，"A，你很容易伪装，因为今天你穿着毛衣。"

"嗯，今天星期三，每个星期三都轮到我穿毛衣。"

"抬起手臂，"蒂姆吩咐道，"像这样。"

蒂姆演示起来，他抬起两条胳膊，然后弯曲起来，就好像有人用枪指着他似的。

巴纳比A模仿着他的动作。过长的毛衣袖子从他手上耷拉下来。

"很好，"蒂姆检查着他的姿势，说道，"现在，把毛衣领子往上拉，套住脑袋。"巴纳比A照做。

"棒极了。可以先放松一下，然后去父亲的书房，把那个超级大的废纸篓拿过来，站进去，摆出这个造型。"

巴纳比A照做了。大家都看着他。然后蒂姆说："完美，你伪装成了一棵仙人掌。去站在客厅的墙角吧，门铃一响，说明潜在客户来了，你就摆出造型。选个靠窗的位置，仙人掌喜欢阳光。"

"万一有人想要给我浇水，或者试试我的刺怎么办？"巴纳比A用沉闷的声音问。

"不会的，"蒂姆回答，"我会写一个注意事项，说'请勿靠近，这棵剧毒仙人掌会发出有毒气体。'"

"也许我也可以做一棵仙人掌？"简一边问，一边看着巴纳比A甩着袖子，提着他的废纸篓朝客厅去了。

"不，笨瓜，你做一盏灯。来这儿，让我看看这个柜子里面……"蒂姆来到壁橱前，踮起脚尖，从高处的隔板上找到了一个东西。"很好，她没带走。给你，简。"他打开一个大帽盒，把母亲去教堂戴的一顶帽子递给了简。那是一个深棕色的草帽，形状像一个碗。

"跪在那张桌子上，沙发旁边。"蒂姆指挥妹妹。她爬上去，跪在了桌上。

"膝盖好痛啊。"简呜咽道。

蒂姆深思起来。"好吧，"他说，"那就蹲着吧，弓着背。"

于是简蹲在那儿，弓着背。

"很好，这是你的灯罩。"蒂姆说。他把那顶大帽子戴在她头上，帽子遮住了她的脸。

"我看不见了！"简担忧地说。

"灯不需要看。"蒂姆回答，"门铃响了，你就摆出这个姿势，客户过来时，你一定要保持不动。"

简轻轻地抬了抬灯罩，向外窥视。"万一有人想要把我点亮怎么办？"她紧张地问。

"问得好，简！"蒂姆说，"你想到了这样的可能性，今天我要给你加十分！"

"但我要给自己加二十分，"他补充道，"因为我找到了解决方案。"他来到父亲的桌前，拿出笔和纸写了起来，然后拿着那张纸，回到了那张桌子。简依旧蹲在上面。

"这栋房子的电路有问题，如果开灯，你可能会触电。"蒂姆写的那张纸条上提及。他把纸条放在简的脚边。"当他们过来时，你一定要纹丝不动，别让灯罩摇晃，尽可能把你的身体缩小一点。"他告诉简。

"我们还有多少时间？"巴纳比B不安地问，"我还没有伪装呢，真希望今天轮到我穿毛衣。"

"别杞人忧天，B，"蒂姆说，"到客厅来。站在门旁边，把手臂举起来。"

巴纳比B照做。然后蒂姆从柜子里拿来大衣，挂到了他的手臂上。"好了，"他说，"你是一个衣帽架。"

"他们会往我身上扔大衣吗？我会打喷嚏——或者闷死的。"巴纳比B说。

"不会的。我会准备一个注意事项：'房子里的火炉坏了，穿着大衣吧，别把大衣挂起来，不然你会冻死的'。"

"可我的脸露出来了。"巴纳比B抱怨道。

蒂姆拿来父亲的毛毡帽，就是他每天去银行上班戴的那顶，把它挂在巴纳比B的脸上。"行了。"他说。

"闻起来很奇怪啊。"巴纳比B用沉闷的声音说。

"那是吸汗带的味道，"蒂姆解释道，"所有男士帽子里面都有吸汗带，所以很难闻。屏住呼吸，你就注意不到了。现在，所有人，练习一动不动。"他喊道，这样他们在其他房间也能听见。

孩子们都一动不动地摆出姿势时，世界安静了。蒂姆再次来到柜子前。

"蒂姆？"客厅里有个声音在喊，是仙人掌。

"蒂姆？"走廊里的衣帽架在喊。

"蒂姆？"桌子上的灯在喊。

"干什么？"蒂姆的声音十分沉闷。

"你要做什么？"仙人掌问。

"你要待在哪儿，蒂姆？"灯问。

"你要伪装成什么，蒂姆？"衣帽架问。

蒂姆躺在客厅壁炉前面的地板上回答："我裹上了母亲的貂皮大衣！"他的声音在皮毛的包裹下变得闷闷的，"我伪装成了一张毛皮毯！"他说。

"万一有人踩到你身上怎么办，蒂姆？"灯担忧地问。

"我会非常勇敢，非常安静，无论多痛都绝不会移动一下的，"他回答，"但是这不太可能发生。因为我写了一个注意事项：'这张毯子下面的地板烂了，踩上这张毯子，你就会掉进地下室，摔个半死。'现在都别说话。我听见门口有人来了。"

伪装起来的威洛比兄妹一下子安静了下来。他们听见前门开了，然后传来一小时前蒂姆见到的那个女人的声音。现在，她正在和一位潜在客户说话。

"这是一个美丽的家，精装修的，"她说，"品味很高级。快请进，把大衣挂起来吧。我带你参观一下。"

10
阿芙洛狄忒的雪花石膏像

"真是太神奇了，你们几个从储煤箱里爬出来还能那么干净，"保姆说，"我还以为等潜在客户走了，我得让你们挨个儿洗澡，然后帮你们把衣服洗了。但每次你们都干干净净地重新出现。"

晚饭时分，他们坐在餐桌前，吃着美味多汁的炖肉，旁边的餐台上有一个依旧温热的派，是饭后的甜点。事实表明，保姆是一名手艺精湛的厨师。就连她做的早餐燕麦粥，现在加了葡萄干和红糖进去，也非常美味。

到目前为止，已经有四位潜在客户来看过房了，但没人流露出购买意向。每个人走的时候都一脸迷惑地嘀咕着那古怪的植物、地毯、灯和家具，并表达着对有毒的空气、破旧的电路、坏掉的火炉和腐烂地板的忧虑。

"我们非常谨慎，"蒂姆解释道，"我们想办法既没有被发现，也保持了干净。"

"我是一盏灯。"简说。

"那确实，亲爱的，"保姆说着，凑上前去，把简下巴上的一滴肉汁擦掉，"一只真正的小羊①。"

"我是一棵仙人掌。"巴纳比A说。

保姆去餐台那儿取派。她转过身来，天真地说道："练琴②？亲爱的，我不知道你还会乐器呢。你在哪儿练？没听见你的声音啊。"

"我是一个衣帽架。"巴纳比B皱着眉说。

保姆把派整整齐齐地切成了几块三角形，然后一个小盘子摆上一块。"诗③？"她笑着说，"你是诗？好吧，确切地说，我不知道，不过这个想法挺可爱的，不是吗？"她收走孩子们的空盘子，然后开始发派。

"保姆，潜在客户来的时候，你去哪儿了？"巴纳比A问，"你也很干净。"

保姆的脸唰地红了："噢，我不想说，真的。"

"快说，"蒂姆命令道，"不然我们就不吃你做的派了。你有没有伪装起来？"

---

① "lamp（灯）"和"lamb（羊）"发音相似，保姆听错了。——译者注

② "cactus（仙人掌）"和"practice（练习）"发音相似。——译者注

③ "coat tree（衣帽架）"和"poetry（诗）"发音相似。——译者注

"我猜可以这样说。"保姆回复，"顺便说一句，这个派是树莓味儿的。"

"你是地毯吗？或者衣帽架？"巴纳比B说，"灯？还是一棵仙人掌？"

保姆咬了一口树莓派，一脸沉醉地嚼了起来。接着，她一本正经地说道："我是一尊雕像，我伪装成了这个。"她把叉子放在盘子上，站起来，来到炉灶旁，摆出一个造型——双臂放在脑后，胯朝一边扭出来："我就站在楼上走廊里，日用品柜子旁边。"

"可是你一点也不像一尊雕像啊，保姆！"蒂姆指出，"你穿着花围裙、弹性袜和系带鞋。"

"现在谁才是笨瓜！"保姆对他说，"我当然没有穿这些东西。潜在客户来的时候，我们能听到动静。一旦听到声音，我就冲进房间，把鞋子、袜子、围裙和其他衣物都脱掉，然后在身上拍满爽身粉，这样看起来就像雪花石膏一样。"

"什么是雪花石膏？"简问。

"就是白的，"蒂姆告诉她，"像大理石一样。"

"我摆出那个姿势时，"保姆继续说道，"我相信我看起来非常像阿芙洛狄忒。"

"阿芙洛狄忒是谁？"简问。

"宙斯的女儿，也叫维纳斯。可最著名的维纳斯雕像没有手臂，我有手臂。"她举起手臂，"所以，我在伪装成雕像的时候，想象自己是阿芙洛狄忒。"

"保姆，你的意思是，你当时没穿衣服？"巴纳比A惊讶地问。

"这不叫'没穿衣服'，"保姆用一种略微震惊的声音说，"这叫'裸体'。反正，我用一张床单遮了一下。"

"所以，你裸体站在那儿，只披了一张床单，全身抹着粉，然后摆出一个造型，一动不动？"巴纳比B一面把叉子插进树莓派里，一面说道。

"呃，"保姆承认，"有时候我会眨眼睛。"

"有一天，一位潜在客户尖叫着跑下楼来，是因为你眨眼了？"蒂姆问。

"大概是。"保姆一本正经地回答。

他们安静了片刻，想象着那个画面。那位潜在客户看起来惊恐万分，尖叫着冲出了门去，此后再也没有见到过他。

"那是什么声音？"巴纳比B突然说道，"我听见'砰'的一声！"

"在门口，"简一边听一边说，"有人在用锤子砸东西。"

片刻之后，响声停止了。他们一起走过去看，钉在花盆上的牌子增加了一些字。

"'降价'？'便宜卖'？这栋房子永远也不会被卖掉的。"蒂姆嘀咕道。

"我想象不出为什么不能。"保姆像阿芙洛狄忒般微笑着说。

11
惊人的恩赐

　　梅勒诺夫指挥官打开门，惊讶地朝篮子里望去。他上上下下扫视着街面，看是不是一个快递员把这个……这个……这个东西误放到了他家门口。但是没有。街上空荡荡的。终于，因为她一直在朝他微笑，并且从来没有人朝他微笑过这么久，于是，他不解地弯下腰，把她从篮子里抱了出来。梅勒诺夫指挥官伸直了手臂抱着她，因为她的下半身是湿的。然后，他把这个头发又短又硬的婴儿抱进了他的公馆。

　　他四处寻找一个合适的地方，想把她放下来。客厅里的天鹅绒沙发被老鼠咬了许多洞，一团团灰色的填充物从洞里冒出来。旁边有一张桌子，桌上有一个打开的披萨盒，在这儿放了几个星期，里面的披萨已经变绿了，很多蚂蚁在上面爬。

最后，他把这个小家伙抱进厨房，小心翼翼地把她放在水槽旁边的排水板上。从那被遗忘了一半的过去中，他伤心地回想到夭折的独生子，依稀想起了换尿布的步骤。于是，他单手固定住那个扭来扭去的婴儿，另一只手打开旁边的一个抽屉，找到一块叠好的抹布。他已经好几年没洗碗了，有些碗他用完就扔了，有些他又接着用，把中餐外卖或者披萨随便堆到上一顿吃剩的食物上。所以，那儿还有满满一抽屉干净的抹布。那时，这个大厨房里还有许多厨师和用人，他的妻子会把诸如抹布这样的东西按颜色、大小和购买日期分门别类安置好，就那样一直放到了现在。他把一块抹布叠成尿布的样子，然后笨拙地绑在婴儿的下半身。接着，他单手抱起这个婴儿，打开他家的大冰箱，朝里面瞅了瞅。

曾经，很久以前，这台冰箱里装满了果汁和果酱、炖菜和鸡肉、奶酪和点心、沙拉菜、黑松露、菊苣和橄榄。他一丝不苟的妻子坚持要按字母顺序来整理东西①，这一点一直让他感到有些痛苦。那意味着在他的衣柜里，领结旁边是菱形花格短袜，他的内裤则和雨伞塞在一起。就连在这个厨房里，如果想找到杏子，就得先找到凤尾鱼。不过他得承认，冰箱里装满食物一直是件令人高兴的事。

现在，冰箱全空了，只有最下层有一个小碗，碗里长了些绿色的毛，另外还有一些给他的工厂试验用的巧克力棒。在发生悲剧之前，他正在研发一种新的巧克力棒，里面是焦糖和各

---

① 指这些东西的英文首字母。——编者注

种坚果，外面是一层厚厚的巧克力。当时，他曾认为，这将是他的杰作。然而，这些试验品都随着时间变成了灰色，随便地堆放在冰箱隔板上。看见它们时，他轻轻地呻吟了一下，随后关上了那扇重重的门。

他拿起电话，夹在肩膀上，然后拨出了当地杂货披萨店的电话。

"我是梅勒诺夫指挥官，"电话接通后，他说，"马上送牛奶过来，还有，呃……"他瞧了瞧那个婴儿，"燕麦粥，我想。对，燕麦粥。也许还需要苹果酱。"

"还有那种包在婴儿屁股上的东西，不是抹布。"

"纸尿裤？"杂货店老板问。

"我是一名老派的绅士。"

"那，尿布？"老板提议道，"或者，如果你真的很老派，那可能叫尿片。"

"对，就是那个。"

"还需要别的吗，先生？"

"天哪，"梅勒诺夫指挥官轻轻呜咽道，"我不知道。"

"先生，您是有了一个婴儿吗？"

指挥官叹了口气。"是的。"他承认道。

"先生，她多大了？"

这位忧郁的大亨低头看了看她，想起了过去的节日庆典。"和一只小火鸡一样大。"他说。

"那我觉得，她应该有十四到十六磅①重。她长牙了吗，先生？"

梅勒诺夫指挥官再次用肩膀夹住电话，然后小心翼翼地撬开那张小嘴，往里瞧了瞧。"有几颗，"他说，"我想，是三颗。她的头发又短又硬。"

"先生，她有没有咀嚼的能力？"

这时，婴儿咬了一口梅勒诺夫指挥官的手指。

"哎哟！有，她有。"他对电话那头说。

"很好，先生。我们的送货员将很快把您需要的东西送过去。另外，需要同时送一份今晚的披萨过去吗？"

沮丧的梅勒诺夫指挥官环视了厨房一周，至少有二十三个吃剩的披萨，陈年的饼壳上点缀着腐烂的意大利香肠片。餐台上和桌子上，到处堆叠着撕开的污渍斑斑的盒子。他看了看依旧在他怀中的婴儿。她望着他微笑起来。

"不了，"他叹了口气，对杂货店老板说，"送一份沙拉和一些维生素过来吧。我想我该重整旗鼓了。"

"再送块肥皂来，"挂断电话前，他不情愿地说道，"我需要肥皂。"接着，他挂上了电话。他再次注视着怀里的那个小东西，那个平静的婴儿也注视着他，然后伸出手来，轻轻地揪了一下他的胡子。

* * *

---

① 一磅约等于0.45千克。——编者注

于是，这位忧郁大亨和这位可爱婴儿的生活开始了。他叫她露丝，因为最终他还是打开了别在她衣服上的那张纸条。"她的名字叫露丝。"纸条上写道。他给她订了衣服。他家阁楼上有一些箱子，装有他自己孩子的小衣物，但他无法去打开那些箱子，因为实在太让人伤心了。

而且，他夭折的孩子是个男孩儿，这个是女孩儿。于是他买了优雅的天鹅绒小裙子和带蕾丝花边的小围裙。他还买了蝴蝶结发饰，尽管这个婴儿的头发又短又硬，根本绑不上蝴蝶结，但他希望它能长长。

在一位售货员阿姨的建议下，他还在那家昂贵的商店里买了些更实用的衣服：一件连体罩衣，一件有小口袋和长颈鹿贴花的连体衣。"婴儿需要玩耍，"那位女士告诉他，"小裙子在生日派对和圣诞节拍照时穿很好，可她还需要在地板上爬来爬去。让我帮您选几件上好的宝宝爬爬服吧。我可以把它们加到账单上吗？"然后，他说可以。

"我们还可以绣名字，"她补充道，"绣名字是一件非常好的事情。"

梅勒诺夫指挥官知道绣名字是怎么回事。在他每天早上都要去工厂的那些日子里，他便穿着口袋上绣有他名字首字母的衬衫。

"我不知道她全名的首字母。"他伤心地向这位售货员解释道。

"噢，天哪。那你知道她的名字吗？"

"露丝。"

"很可爱。那就在她所有的衣服上绣上'露丝'怎么样？一个简短的名字是很适合绣上去的。如果她的名字是，比如说，克莱门蒂娜，那我们就要重新考虑了，对吧？绣名字是按字母数量收费的。'克莱门蒂娜'的费用会非常高。"

"钱无所谓，我要最好的。"他回复道。

于是，露丝所有的衣服都绣上了她的名字。

为了露丝的健康，他打扫了房子。他把披萨盒都扔进垃圾桶，从上到下清理了一遍老鼠屎。可当露丝爬过刚刚清洁过的客厅地面，抓住那优雅帷幔的边缘时，一阵灰尘飘了起来，住在褶皱里的飞蛾跑了出来，迷惑地在房间里乱飞。露丝看到飞舞的昆虫，笑了起来，可梅勒诺夫指挥官把厚重的帷幔取下来，扔进垃圾桶，堆在披萨盒上面。他叫了灭虫公司来除掉家里的飞蛾，然后又擦了窗户，玻璃上积满了厚厚的尘垢，看出去一片模糊。

当他拿着扫把、扫地车、水桶和刷子忙来忙去的时候，唯一一样没有清洁，也没有扔掉的东西，便是瑞士来的那一沓尚未拆开的信件。累积了六年的消息、电报和信件，仍然摞在走廊的墙边。

还在长牙的露丝，偶尔会从那沓信件的矮处扯出一张纸来嚼着玩。一天早上，梅勒诺夫指挥官在厨房准备好露丝的燕麦早餐之后，把正在客厅地板上快乐爬行的她抱了起来。她在他手上吐出了一块黄色的纸片。

他看着那被撕开的字词，叹息着想起了早先他依然抱有希望的那些日子。

***

他小心地把围兜系在她脖子上，保护她那件手工刺绣的粉色连体衣。"来吧，露丝宝贝儿。"说着，他把她抱到一张邮购来的高脚椅上。他一边舀燕麦粥喂她，一边想着那沓信件。他已经决定要把它们全部扔掉了。但随着时间的推移，他还是没办法这么做。

这个婴儿经常在客厅里玩，有时候她会伸手去抓那些信。在她和梅勒诺夫指挥官相处的头几个星期里，她只能够到最早的信。可当她站起来，晃晃悠悠地开始学走路时，她便能够到更高的地方了。有一次，她从中间位置抽出了一个贴着瑞士邮票的未拆信封。她把信封撕开，把里面的信弄了出来，然后细细咀嚼起来。接着，她把那张湿淋淋的纸揉成一团，扔在地上给猫追。

猫不识字，因为它是猫。露丝不识字，因为她是婴儿。梅勒诺夫指挥官是一个拥有好几个学位的成年人，当然识字水平非常高，但他从未注意到最后卡入了暖气片下面的那个纸团。于是，没有人知道，那封来自四年前的信上写着："找到他们了，他们还活着！"

12
又一张让人困惑的明信片

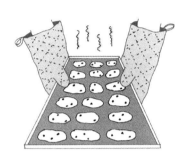

"他们躲过了鳄鱼的袭击。"蒂姆闷闷不乐地举着另一张明信片走进厨房。

"让我们看看！上面说什么啊？"简和双胞胎飞快地擦了擦手，连忙冲过去看。他们都在和保姆一起烤曲奇，这是一件非常老派的事情。

蒂姆举起明信片，大声朗读起来。

"'亲爱的家人们。'"他读道。

"他们都要把我们卖掉了，为什么还要叫我们'亲爱的'？"巴纳比A迷茫地说。

保姆在生面团里加了些葡萄干。"那是为了得体。"她一边搅拌，一边解释道。

"他们只是在假装，对吗，保姆？"简问。

"是的，亲爱的。请把那些碎坚果递给我。"

简把满满一量杯的山核桃碎递给保姆："他们不是真的喜欢我们，对吗，保姆？"

"是的，亲爱的。他们聘请我的时候就告诉过我。"

"他们怎么说的？他们给我们起了可怕的外号吗？"巴纳比B好奇地问。

保姆停下了手："让我想想，好像是很久以前了，我差不多都忘了。他们叫你们——噢，什么来着？"

"讨厌鬼？"蒂姆问，"我就是那样叫你的，保姆。"

"不，不是讨厌鬼。他们叫你烦人精，蒂姆。他们说'老大是个烦人精'。他们不记得你的名字了。"

"那我们呢？他们叫我们什么？"双胞胎一起问道。

"复读机，"保姆对他们说，"他们说你们是复读机，重复、单调、乏味，因为他们分不清你们俩。还有，你们的母亲说你们很贪婪，因为你们想要两件毛衣。"

"真抱歉我不会织毛衣，孩子们，"保姆抱歉地说，"不然我就给你再织一件了。我也认为你们俩应该各有一件。"

"我呢？"简轻声问道，"他们怎么说我的？"

"亲爱的，他们把你忘了。他们走了，我搬进来之后，才发现有四个孩子，我着实感到很惊讶。他们对我说，他们只有三个孩子。"

"那你高兴吗？"简有点紧张地问。

保姆皱了皱鼻子。"唉，可惜我没有要求更高的薪水。通常带四个孩子的话，我的收费要更高一些。"

"可发现有一个小女孩应该挺开心的吧，"简补充道，"我很喜欢小女孩。"

保姆把生面团揉成许多圆球，然后一个接一个地扔在烤盘纸上："蒂姆，你可以继续了吗？鳄鱼怎么了？"

蒂姆把目光转回明信片上。继续往下读之前，他抬起头来说道："真是太令人发指了，保姆，他们居然没告诉你还有简。他们欺骗你，少付了你薪水。我知道他们是骗子。父亲总是试图削减我的零花钱，每个星期我都得仔仔细细地数。"

"你居然有零花钱？"巴纳比A惊讶地问，"我们从来没得到过零花钱！"

"从来没有！"巴纳比B补充道。

"什么是零花钱？"简哀怨地问。

"别在意了，"保姆安慰他们道，"那已经是过去了。我相信，如果他们被鳄鱼吃了的话，我们都会得到些好处的。他们的遗嘱里有一项内容是，如果他们遭遇不幸，我将继续照顾你们。而你们呢，当然了，都会变得有钱。"

"但是也会无家可归，"她补充道，"如果有人来买房子的话。"

"没人会买的。"蒂姆自信地说，"好吧，我要继续往下读了。"

"'鳄鱼河真是太有趣了，有两个游客被生吞了，但一点也不值得难过，因为他们是法国人。我和你们的父亲用桨击退了鳄鱼，取得了胜利。明天我们要乘直升机飞过一座正在喷发的火山。因为那个飞行员还没毕业，所以价格很优惠。有经验的飞行员会贵很多！顺便说一句，等房子卖掉了，你们搬走时，可以把衣服留下吗？我们要卖到二手商店，赚点钱。'"

四个孩子和保姆一起沉默了片刻。接着，保姆把碗朝孩子们倾斜过来。

"来，舔一舔。"

他们一个接一个地用手指把碗里的生面团挑上来，然后舔掉。保姆舔了舔那个用来搅面团的木勺。烤箱里开始散发出曲奇的味道，香甜而温暖。

"蒂姆？"保姆说。

"什么？"

"如果我有个特别棒的建议，你会给我加分吗？"

"呃，"蒂姆回答，"我已经差不多停止运行我的积分系统了。因为你让我们舔碗，我应该给你很多分数的，但我把整个系统都忘了。"

"不过，你的建议是什么啊？"他问。

"有点恶毒。"保姆内疚地说。

"说吧。"孩子们一起说道。

"我们可以找一家二手商店，先把他们的衣服卖了。"保姆说。

"好啊，"蒂姆赞同道，"但不是所有的衣服。我还需要母亲的貂皮大衣，尽管它又热又重。"

"我还需要母亲的大帽子，尽管我戴在头上时，什么也看不见。"简说。

"我也需要父亲那顶有吸汗带的帽子，"巴纳比B补充道，"尽管它的味道很难闻。"

"等到最后确定他们不在了，就可以把他们所有的衣服卖掉了。"蒂姆决定。

"噢，"简以一种恳求的口吻说道，"让我们祈祷一场直升机火山空难吧！"

他们一起做了深呼吸，闭上眼，真诚地祈祷起来。接着，保姆从烤箱里拿出了新鲜出炉的曲奇，倒上五杯牛奶，在孩子们身边坐了下来。

13
献媚的邮政所长

在遥远的瑞士西北部的一个小山村里，一位邮政所所长正在勤奋地整理收到的邮件，一如往常。他是一个瘦瘦高高的男人，有一双笨拙的大手，下巴向外突出。他的名字叫汉斯·彼得·冯·施洛塞尔多夫。他一个人住在村子里，养了一条名叫霍斯特的狗，那条狗每天早上都跟他来上班，现在正躺在小邮政所的地板上打鼾。

"啊！"这位邮政所长懊恼地尖叫起来，因为他再一次把几封信掉在了木地板上。霍斯特睁开一只眼睛，打了个哈欠，然后抬起大脚，慢悠悠地走过来，用嘴把信衔起来，交回给邮政所长。

"谢谢。"邮政所长对狗说。他确实很感激狗的协助，因为他自己弯腰是很费劲的。很多年前，他被冻住过一次。那时，他在爬附近的一座山，尽管获救之后他成功地解冻了，但他的关节却一直很僵硬。他握着捡起来的那几封信，继续分类。他身后的墙上整齐地摆放着许多信箱——村民们就是从这儿取走他们的信。他把信一封一封地投进信箱里。

门上方的一个小铃铛响了，一个女人和她的儿子进来了。他认得她，因为她每天都来取信，但除了一些水电费账单和偶尔的广告宣传单之外，几乎没收到过什么东西。

"Guten Tag, Frau（德语：早安，夫人）——"他用以往友好的口吻和她打招呼，然后才想起来语言的问题，这位女士只讲英语。于是他更正了一下："我的意思是，早上好。"他回想着她名字的首字母，朝"M"字段的信箱里瞅了一眼，是空的。"恐怕，没有您的信件，但我还没有分拣完毕呢，要不您稍等片刻？"他说。

他希望她能多留一会儿。毕竟他还是个单身汉，而她是一位单身女子，具有一定的吸引力。她和他一样瘦瘦高高，还有一点神秘。汉斯·彼得喜欢神秘感。他知道的关于这个女人的一切便是，她和她儿子曾被一场雪崩埋在一节豪华车厢里，在那儿过了好几年，但活了下来。他听说，当救援队终于找到她时，她穿着一件真丝长裙，一头波浪发梳理得整整齐齐，她一面小啜着一杯茶，一面读着一本关于鲸鱼的书。据说，她对救援队说的第一句话是："谢天谢地。这本书我已经读了四十二遍了，其他书读的次数更多。"

感觉没和她儿子打招呼有些不礼貌（尽管他并不太喜欢这

孩子），邮政所长转向那个男孩，重复了一句"早上好"。

"他说德语。"那女人说。

邮政所长痛苦地笑了笑，对男孩说了一句"Guten Tag（德语：早安）"。他之所以痛苦地笑，是因为他听过这孩子说的所谓的德语，只是简单地在英语词汇里加了些发音模糊的德语音调。

"你好，"男孩愉快地说，"今天天气不戳（错），不系（是）吗？"

所有村民都认为，指出有瑕疵的德语，帮助这个孩子正确地学习语言是不礼貌的。瑞士人非常有礼貌。就连教导全村所有孩子（包括这个在一节被掩埋的车厢里度过了成长时期的奇怪小男孩）的校长，也完全忽视他奇怪的自学。至少这个孩子的数学不错。

女人有些挑剔地望着那些信箱："你的归档系统还有很多需要改进的地方。你把一封'S'信件放进'C'信箱里了，希望那只是手滑了。另外，这些信封也没有排成一条直线。应该把它们弄直。"她迅速走到柜台后，拿起几封信，把它们对齐，然后在桌上敲几下，放回信箱里。

"效果显著啊，大人，"邮政所长说，"谢谢您。"他确实佩服这个女人的巧手，以及她整理信箱的速度。他发现自己也喜欢上了她的头发，她的大波浪长发顺滑丰盈地披在肩上。还有她的嘴唇！红艳艳，湿漉漉的！

他因为自己的想法惭愧地移开了目光。"今天需要邮票吗，Frau（德语：夫人）？"他问，"或者我应该叫您'夫人

（Mrs）'？"

"是'小姐'，"她回复道，"或者用你们的语言来说，我猜是，什么？Fräulein（德语：姑娘）？"她轻笑了两声，小心地拽了拽手套的指头，因为一个指关节处有一条细小的勒痕，这道痕迹让她非常紧张和焦躁。

"应该是'Frau'（德语：夫人），"他毕恭毕敬地说，"因为您是一位已婚女士。"说出这句话时，他的心几乎都碎了。要是……就好了！

"不，冯·施洛塞尔多夫所长，我不是了。"她说。

"不好意思，您说什么，夫人？可是，那么多年来，我一直寄的那些信，有些还标注了'紧急'，都是写给梅勒诺夫先生的。在您被找到之前，救援者的信件都是我来发出的。有些真的非常让人悲痛。我还记得有一天，他们以为找到你了，但最后发现那只是一台1949年就埋在那儿的生锈扫雪机残骸，希望破灭了！我记得那天他们对我说，'对她丈夫来说，真是个令人失望的消息啊'。我想那是四年前的事了。"

"是前夫。"女人字正腔圆地说。

可能吗？他敢抱以希望吗？邮政所长摸了摸心口，发现他的心在蓝色制服下紧张地跳动着："我知道了。也许我误解了，夫人。"

"亲爱的，"她说（邮政所长心跳加速，但接着发现她是在和她儿子说话），"站直了，这样你的裤子就两边一样长了。东西不整齐的时候，我会感到很紧张。"

那个男孩本来随意地趴在地上和狗玩，得到母亲的命令后便爬起来，站直了身子。准确地说，他穿的并不是长裤，但邮政所长不想纠正她。男孩穿着一条背带皮短裤，这种裤子在瑞士的乡下很常见。他的膝盖很瘦，长了很多疙瘩，腿上穿了一双到小腿的高筒羊毛袜。

"好电（点）了吗，妈妈？支（直）了吗？"

"亲爱的，你知道我不说德语的。"她回复道。

"啊。我忘了。对不起，"男孩说，"我的裤腿现在好看了吗？直了吗？"

她查看一番，然后点点头："直了。试着把你的重心平分在两条腿上，好吗，亲爱的？还有，调整一下你的领结。"然后，她对儿子说："我只是在和邮政所长解释，我不再是已婚人士了。"她朝汉斯·彼得所处的柜台那儿一瞥。

"我儿子的父亲那么多年都杳无音信，亲爱的冯·施洛塞尔多夫先生——还有谁比你了解得更清楚？梅勒诺夫指挥官销声匿迹了那么久——你们体贴的瑞士法律已经允许我恢复单身了。"

"那么，所以——"邮政所长结结巴巴地说。

"是的，我自由了。"她对他说，"请把你的领子抹平，有点乱。然后看看也许明天早上，你刮胡子时，能不能把鬓角也剪一下？我认为你右边鬓角比左边稍微短一点点。"

"当然可以！谢谢你让我注意到了这一点！"

"走吧，儿子。"她对男孩说，"我想在十点零五分准时抵达市场，我们已经晚了二十秒了。"

他是多么爱这样一个严谨的女人啊，就像一列即将进站的瑞士火车！汉斯·彼得允许自己去期待，他生命中第一次期待自己的未来，也许会包含一位邮政所长夫人的未来！他轻轻地磕了磕脚跟，向她鞠了个躬，她也点点头，回以礼貌的道别。

"肥（回）头见！"男孩说，"拜拜，霍斯特伍斯特！"他又对狗追加了一句。接着，他跟着母亲走出邮局，来到了主街上。

邮政所长望着向市场走去的女人那笔直高挑的背影，摸了摸胡子，然后兴奋到颤抖，他决定第二天早上要一丝不苟地把胡子刮好。

14
与婴儿重逢

威洛比兄妹和保姆一起出去散步，呼吸新鲜空气提提神，这是许多老派家庭的习惯。保姆披上了她的蓝色披肩，对于保姆来说，那是正式的制服。

"走快点儿，孩子们，"保姆说，"甩起胳膊来。"

他们照做。

"蹦蹦跳跳吧，如果你们喜欢的话，"保姆说，"蹦蹦跳跳非常健康。"

"怎么蹦蹦跳跳？"简问。

"是啊，怎么蹦蹦跳跳？"双胞胎问。

"就像这样，笨蛋。"蒂姆说着，蹦蹦跳跳地演示了一番。

"不许再说笨蛋了，"保姆说道，"我不喜欢这个词。"

“那笨瓜怎么样？”简问。

“呃，那我们暂时允许使用笨瓜吧，”保姆想了想，说道，“如果有人真的做了很蠢的事，可以叫那个人笨瓜。”

“另外，”她看着蒂姆补充道，“如果你以为那就是蹦蹦跳跳，那你真是个笨瓜。这才是蹦蹦跳跳。”

她演示了一遍，蹦蹦跳跳地跑到街角处，她的披肩在身后飞扬。她转过身，向孩子们招招手，然后他们便一个接一个地、蹦蹦跳跳地朝她跑了过去。保姆给出了进一步的指示：“蒂姆，左脚再抬高一点；A，别害羞，用点力气；B，很好，比之前做得好。”然后鼓励了简，因为她摔倒了，擦破了膝盖，但她没有哭，非常勇敢。

走过几条街，最后蹦蹦跳跳了一次之后，孩子们发现，现在他们来到了一条熟悉的街道。自从费力地把装有婴儿篮的小车拖过来之后，他们再也没来过这条街。那座公馆隐约出现在前方，蒂姆用胳膊肘推了推巴纳比A，然后意味深长地朝它点点头。双胞胎兄弟紧张地一瞥，然后移开目光，聚精会神地聊起路面上沥青的质量和天空中一团形状古怪的云。简陷入了沉默，面露悲伤。其实，她很喜欢那个婴儿，尽管婴儿的头发被剪短之后，显得略为普通。她时不时地会想念那个婴儿，想知道她怎么样了。

保姆还在蹦蹦跳跳地朝前走，没注意到孩子们都已经安静了下来。

“窗户都修好了。”巴纳比B小声地指出。

“猫也有人喂了，”他的双胞胎兄弟注意到，“它以前很瘦，现在圆滚滚的。"

"草坪也修剪过了。"蒂姆观察道。

"嘘，"简突然说道，"我听见有笑声。"

他们四个傻傻地站着，片刻之后保姆折了回来。她已经蹦蹦跳跳地走过了一整个街区，以为孩子们都在身后跟着呢。现在她回来看看他们为什么都不走了。"最重要的是新鲜空气的摄入量，"保姆对他们说，"要保持连续性！如果你们停下来，就没有连续性了。你们为什么像笨瓜似的站在那儿？你们在呼吸不流动的空气。"

孩子们换了换脚，没有回答。蒂姆哼起歌来。双胞胎兄弟盯着人行道。

"那是什么声音？"保姆突然问道。

"我在哼《共和国战歌》①，"蒂姆解释道，"我试着每天完整地哼两次。通常都没人听得见，有时候我在卫生间里哼，刷牙的时候也可以哼。"

"不不，我不是说这个声音。"保姆抬起一根手指示意他们安静，现在他们都能听见公馆的门廊内传来了动听的笑声。

"我觉得我们应该回家了。"巴纳比A紧张地说。

"对，不是该吃午饭了吗？保姆，你不是要做奶油浓汤吗？"巴纳比B问。

"我们蹦蹦跳跳地回家吧！"蒂姆提议道。他犹豫地动了动胳膊和腿。

———————————

①美国南北战争期间十分流行的一首爱国歌曲。——译者注

"太好听了。"简瞥了一眼保姆，说道。

"是一个婴儿！"保姆说道，"就在那座公馆的门廊里！我们过去看看吧！"

"我认为，进入私人的大门，穿过一条私人通道，登上私人门廊的台阶，是违法的。保姆，我想，如果我们再进一步窥探的话，可能会被抓起来。我们赶快走吧，没有马上离开的人扣五十分。"蒂姆说。

"胡说八道，"保姆说，"你几个星期前就不玩那一套了。来吧，进来之后把门关上，万一院子里有狗。我以前认识一个人，因为没关门，他家的西班牙猎犬跑了，再也没有回来，他们一家三口悲痛难当，就这样死了。"

简牵起保姆的手，跟着她走进院内。"我真的很喜欢婴儿，"简吐露道，"我一直都想要一个。我记得我们发现——"

蒂姆打断了她。"我不相信有人会因悲痛而死。"他嘀咕着。他也穿过院门，随后闩上门。只有那对双胞胎留在人行道上，紧张地张望着。

"当然，会的，"保姆对他说，"他们会日渐消瘦。我知道至少有十二个人是因悲痛而死的，那种死法真是可怕。"

"那确实！"一个洪亮的声音突然说道。他们所有人，甚至连保姆都吓了一跳。

门廊上的门开了，一个大胡子壮汉突然走了出来。他穿着一件花呢外套，系着一个波点领结，手上抱着一盒饼干。

"不久之前，我自己也差点因为悲痛，走上了绝路。"他说，"你们好——我是梅勒诺夫指挥官。你们在我家门口做什么？要不要来一块姜饼？"

保姆拿了一块说道："我们听见您家门廊上传来一阵动听的笑声，于是来一探究竟。根据我多年的经验，通常情况下，去探究哭声是一个坏主意，但去调查欢笑声总是一件好事。"她咬了一口饼干。"真好吃。"她说。"双胞胎！"她朝院墙外面喊道，"有饼干！"巴纳比兄弟怯生生地穿过院门，朝门廊走来。"谢谢您的姜饼，您好，"保姆说着，伸出手，和指挥官握了握手，"很抱歉听说您差点因悲痛离世。您好点了吗？"

"好多了，"他答道，他把那盒饼干挨个递给孩子们，"这个可爱的婴儿给了我慰藉。"他朝宽大的门廊尽头走去，那儿有一个满头卷发、咯咯笑的婴儿，紧紧地抓着游戏围栏的一条边。他们跟了过去。

"不是同一个婴儿，"简低声对蒂姆说，"她的头发不短也不硬。"

"母亲剪完以后，现在头发长长了，笨蛋。"蒂姆紧张地看了看保姆，担心她听见笨蛋这个词，这是最近被她禁用的词。可她正俯身面对着那个婴儿，一边微笑，一边学着婴儿的声音说话。

"指挥官，您女儿叫什么名字？噢，我看见了，露丝。绣得真漂亮。"

"嗯，她叫露丝。可她不是我女儿。她是我的，呃，被监护人。"

"噢，挺好！"保姆说，"您和我们一样，也是老派家庭。我们有一个直爽的保姆，加四个有价值的孤儿。"

"就像玛丽阿姨吗？"男人带着赞许的愉悦表情说道。

"一点也不像那个夜里会飞的女人，"保姆皱了皱鼻子说道，"一想起她我感觉都要得糖尿病了：一勺一勺满满的糖，真恶心！我不是那样的。我只是一个能干的、专业的保姆。而您是一个——让我想想——"

"丧失亲人的领养人？"指挥官提示道。

"没错。一个丧失亲人的领养人带着被监护人，就像《秘密花园》里的那个叔叔。他叫什么名字？噢，对了，阿奇伯德·克莱文。"

"天哪，不，才不像那个坏脾气的流氓叔叔呢。我只是一个富裕的鳏夫，恰巧在家门口发现了一个婴儿。"

"我们都异乎寻常地老派啊，不是吗？你好，露丝宝贝儿！"保姆转向婴儿，用一种甜蜜的高音语调说道，"你真是幸运啊，找到了——"她犹豫了一下。"她应该怎么称呼您？"她问男人。

"她还不会说话呢，不过我也有点担心这个问题。我挺喜欢'爸爸'这个称呼的，"他说，然后停顿了一下，用手帕擦了擦眼睛，"可是——"

"悲伤的过往会涌上心头？"保姆同情地问。

"确实。"

"好吧，还有的是时间。"她转向威洛比兄妹，"孩子们，这是露丝宝贝儿。"

他们尴尬地点点头。

"给她一小块姜饼，"她吩咐他们，"姜饼不是很辣吧，指挥官？这么大的婴儿不能吃辣的食物。"

"不辣，"他说，"味道很清淡，她挺喜欢的。不过，谢谢你提醒我。这方面我是个新手，有时候很难知道什么是合适的。其实，我一直在想，想找一个保姆。我认为……"他疑惑地看着她。

"她是我们的，"巴纳比A用愤怒的语气说，"我们是孤儿，或者说跟孤儿差不多了，我们需要她！"

"我们得走了，"他的双胞胎兄弟说，"该吃晚饭了。"

"B，我们连午饭都还没吃呢。"保姆说。

"我是说猫咪的晚饭，快到我们家猫咪吃晚饭的时间了。"巴纳比B说。

孩子们朝门廊台阶走去。"好吧，"保姆对指挥官说，"很高兴认识您，但是孩子们好像着急要走了。也许我们会再次见面的。再见，梅勒诺夫指挥官。"

"还有你，再见，露丝宝贝儿。"她对婴儿说，婴儿朝她挥舞着圆圆的小手。

"等一下！我还不知道你们的名字。"梅勒诺夫指挥官突然说。这时，保姆已经走到院外，关上了门。孩子们则快到街上了。

"我只是一个保姆，"她回头喊道，"孩子们分别叫蒂姆、A、B和简。"

"A、B？好奇怪啊。"

"他们是双胞胎。"保姆解释道。

"明白了。"他回答，尽管他并不明白。

"他们都姓威洛比。"

他点点头。"那么，再见吧。"他喊道。他转向游戏围栏，该让露丝回去午睡了，可他一脸迷惘。"威洛比。"他想道。这个姓氏似曾相识。

15

令人遗憾的交易

"啊哦，告示牌上写了什么？"外出结束，他们快回到家时，巴纳比A说。

他们都已经习惯了钉在长条花盆上的"便宜出售"的牌子，以及上面的降价公告。他们已经习惯在潜在客户即将到来时，迅速伪装起来——几秒钟之内，简就能变成一盏灯，蒂姆可以瞬间藏进皮毛毯下面。保姆变身为雪花石膏雕像的时间略长，当然是因为她要脱衣服，全身打粉，然后裹上一张床单，这些都很费时。但现在已经形成固定流程了，房产中介会打电话来通知看房子，他们所有人便自动移到自己的位置上，等着钥匙在门锁内转动的声音响起。

通常，看房很快就会结束。有时候，潜在客户甚至连楼都没上。这让保姆觉得有些失望，于是她开始考虑是不是可以把雕像搬到楼下的会客室，在那儿人们能更好地欣赏到阿芙洛狄忒。

"诅咒啊！"蒂姆惊恐地跑上前去，大声读出告示牌上新增添的内容，"快看啊！这怎么可能呢？我们被卖掉了！"

"天哪，不！"巴纳比B呻吟道，"我们真不应该出去散步啊！"

"出去散步时，总会发生可怕的事情，"简伤心地说，"还记得小红帽吗？还有，天哪，汉塞尔和格莱特？"

保姆打开门，快速走了进去。她在大厅的桌子上找到一张潦草的纸条。"是房产中介写的。"她忧心忡忡地说，然后大声读给围在她身边的孩子们听。

"恭喜！很抱歉我打电话来通知看房时，你们不在家。但房子看起来十分舒适，而且弥漫着醉人的芳香——我猜是葡萄干曲奇。那位潜在客户爱上了这座房子，给了我一大笔钱。你们有两个星期的时间搬走，你们的内衣可以随意拿走。祝你们好运。"

"天哪，不！"双胞胎恸哭道。

"该死！"蒂姆火冒三丈地说。

简跺着脚，哭了起来。

"不要把时间浪费在眼泪和无用的自责上了，"保姆对他们说，"如果这样的故事，发生在一本历经风霜的、红褐色皮革镶边的书里，会怎样？这种情况下，那些老派的好人会怎么做？"

"他们会叫治安官。"蒂姆说。

"杀了反派。"双胞胎兄弟提议道。

简还在啜泣，保姆递给她一条蕾丝镶边的手帕。

"他们会制订一个计划，"保姆说，"但首先，"她走向厨房，拿起挂钩上的围裙，"他们会烤一个柠檬舒芙蕾。"她打开冰箱，拿出几个鸡蛋。

舒芙蕾在烤箱里烤着，在这段时间里，他们需要踮起脚尖走路（因为脚步太重会毁掉烤制中的舒芙蕾，没有多少人知道这一点，保姆说，这就是为什么世界上有那么多被毁掉的舒芙蕾）。突然，有一封信嗖地投进了前门的信箱里。

"不不不！"蒂姆举起一张明信片，恸哭道，"他们又活下来了！"

大家都踮着脚尖来到他身边，包括保姆，不过她先检查了一下烤箱的时间（因为舒芙蕾必须掐准时间，她告诉过他们，没有多少人能做到足够精准地烤制舒芙蕾）。蒂姆大声读起卡片上的内容：

"'亲爱的家人们——'"

"哼！"他们大声说，旋即安静下来，为了舒芙蕾（过多的噪声会让舒芙蕾死去，保姆说过）。

"'真是一场超赞的冒险！直升机坠毁了，飞行员掉进了正在喷发的火山里！幸好我们聪明，抓住了直升机的旋翼，就那样转着安全着陆了。只有飞行员牺牲了，不过没关系，因为他是长老教教徒。'"

"'真不知道我们的房子为什么还没有卖掉。也许是因为那只猫。请把它弄睡着吧。'"

简低头看了看猫，它刚刚才打着呼噜蹭过她的腿。"它每天晚上都睡觉，白天也经常睡觉，"简说，"为什么还要让它多睡？那它什么时候去扑腾那些零星的绒毛呢？"

她的哥哥们意味深长地对视着，不知道该怎么和简解释父母的意思。保姆朝他们摇摇头，于是他们保持了沉默。

"还说别的什么了吗？还是就这样，以这句残忍的关于猫的话结束了？"巴纳比A问。

"还有几句。"蒂姆继续读道。

"'现在我们要去下一个景点了！这次只有我们自己！没有导游了！我们要去爬一座雪山！一座从来没有人登顶过的山！上面横七竖八地堆满了冻僵的尸体。但我们是有备而来的，我们买了穿在脚上的岩钉和戴在头上的冰爪。'"

"我不认为岩钉是穿在脚上的，"巴纳比B说，"我读过一本关于登山的书，岩钉是锥子，你要敲进冰里去。"

"我也读过那本书，"他的双胞胎兄弟说，"冰爪是穿在脚上的。事实上，是穿在登山鞋上的，他们为什么要戴在头上呢？"

"因为他们是笨蛋。"蒂姆说完，又想起保姆已经禁用这个词了，于是不服气地看着她。

"他们确实是笨蛋。"保姆说，她注视着明信片，嘀咕道，"我也是长老教教徒。"

简蹲在地上和猫咪玩耍。"我们要住到哪儿去呢？"她哀怨地问，"猫可以跟我们一起走吗？"

厨房的计时器响了，他们踮起脚尖回到厨房，准备一边吃舒芙蕾，一边制订一个计划。

16

两个可怕的游客

这个瑞士小山村太偏远了，很少有旅行者光顾。就连六年前埋在那里的火车，也是要前往另一个地方，那里有许多博物馆和商店，出售阿尔卑斯号角和圣伯纳犬的塑料模型。

出于这个原因，当发现有两个戴着太阳眼镜、揣着劣质折叠地图的游客来到了这里，村民们都觉得真是件不寻常的事情。大家交头接耳地讨论他们奇怪的穿着：这一男一女都穿着百慕大短裤，脚踩一双勃肯凉鞋。"他们来这儿做什么？"他们交头接耳。他们看见这对夫妻走进了主街上的一家酒馆。

"我们得来一份豪华午餐。"男人对服务员说，他捡起菜单，瞥了一眼，"我看不懂，这不是英语。用一种文明的语言告诉我，你们有什么吃的，我们需要营养。"

"我们要去爬那座山。"男人指着窗外那座耸入云霄的雪山，大声宣布。

他的妻子看着旅行指南说："你听听！"接着，她向那位美丽的服务员（店主的女儿）大声读道："'从来没有人成功登顶。在夏天，最深处的积雪慢慢融化后，透过望远镜可以看到许多著名登山者冻僵的尸体。对救援者来说，把这些可怜的失落的灵魂弄回来实在过于危险，于是他们便留在了那里，成为对其他人的提醒，也是对这座山磅礴力量的歌颂。'"她把太阳镜推到头顶，眯着眼朝窗外看去。

"我看不见尸体，"妻子抱怨道，"我想看看那些冻僵的尸体。"

"有上好的厚切牛排吗？"男人问服务员。

服务员摇摇头，他恼怒地叹了口气。"这些外国人。"他暴躁地对妻子抱怨。

"那么，鲁宾三明治有吗？"他问。

"对不起，没有，"她礼貌地说，"我们有奶酪火锅，非常好吃，是我们国家的代表菜。"

"奶酪火锅？天哪，你知道我是怎么叫它的吗？奶酪傻锅。我们要吃汉堡包，我们需要一些实实在在的食物，还要两杯加冰的饮料，看在上天的分上。不知道为什么，这个国家到处都是冰，却喝不到加冰的饮料。"

美丽的服务员深吸了一口气："对不起，没有汉堡包。我可以请父亲帮你们做个奶酪三明治。"

他们不高兴地同意了，然后不高兴地吃了，然后不高兴地付了钱，没有给小费。

"你看什么看？"他们起身要走时，男人问那个服务员。

她脸一红，连忙道歉。其实，她一直在看他们的脑袋。她沉思了片刻，觉得他们也许是王室成员，因为他们好像戴着诸如王冠之类的东西。而且他们的行为有点像从某些小公国来的有身份的人。不过现在，她能看清了，他们头上戴的是一种登山装备，更确切地说，是应该踩在登山鞋下面使用的装备。真令人震惊。

片刻之后，那两个人走了，朝山脚下的小路去了。他们系在脚踝上的一串岩钉叮叮当当地在地上拖行。服务员清理好桌子，用担忧的语气对父亲说道："他们要去爬那座山，可他们连暖和的衣服都没有，而且不知道为什么，他们把冰爪戴在头上。"

父亲耸耸肩。

"我们要不要派个人去把他们拦下来？"

"我们瑞士人从来不掺和别人的事，"他说，"再说，也没人有空。所有人都要去参加婚礼，我们也是。"他走到酒馆门口，挂上了一个牌子："GESCHLOSSEN, BIN AUF HOCH-ZEIT。"意思是"去参加婚礼了，暂停营业"。

这场婚礼是全村的头等大事。终于，在多年的单身生涯后——太多年了，他的母亲已经绝望得无计可施——这位瘦瘦高高的邮政所长，汉斯·彼得，疯狂而又神奇地爱上了从雪崩中幸存的那位有点神秘又一丝不苟的外国女士。她已经重新排列好了他的信箱，也排列好了他的厨房餐具。这一天，在这座险峻山峰脚下的山村教堂里，他们要结婚了。新娘整齐的卷发上戴着一个雪绒花花环。她那身穿背带皮短裤的儿子，是他们的男花童。

到了下午，不仅是邮政所，所有的商店都关门了，所有的村民都聚集在一起，出席仪式，然后举行了漫长的庆祝活动，包括唱约德尔歌曲、喝啤酒、跳舞，舞者们拍着手，用臀部互相撞击。

可以肯定的是，这是快乐的一天。

但对于新娘的儿子来说，却不是这样。看在母亲的分上，他唱歌跳舞，喜笑颜开。他对邮政所长很有礼貌，管他叫继父。但在这些假象之下，这个男孩深深地不高兴，并不仅仅是针对婚礼，而是针对这个小山村。他对瑞士的一切都不认同。他非常不擅长滑雪，牛铃的声音刺痛了他的耳朵，他对奶酪过敏，咕咕钟则让他非常紧张。他的手指被瑞士军刀划伤过两次，他的背带皮短裤很痒，膝盖永远都很冷。

即使在经历如此漫长的时间之后，那些记忆已经模糊了；即使她的母亲一而再地说："如果他还在乎我们，那他早就回信了！"男孩依旧会回想起一个善良可爱的男人，他有一把大胡子，那个他称为爸爸的男人，曾经和他一起坐在门廊的秋千椅上，用温柔的声音读书给他听，那些书讲的是动物或者历险故事。

他发疯似的想要回家。

17

幸运的转变

让威洛比兄妹和保姆感到惊讶的是，规划他们的未来是多么困难，因为他们现在没有父母，而且很快也将无家可归。

"我认为，如果我们是现代家庭的孩子，会更容易一些，"蒂姆说，"可我们是老派家庭，所以我们的选择很受限。简？"

"嗯？"简说。她又蹲在地上和猫玩。

"我觉得你会罹患顽疾，日渐消瘦，最后慢慢地没有痛苦地死去。我们会守在你的病榻前，你可以喃喃说出你的遗言。就像《小妇人》里的贝丝。"

简皱起眉头。"我不想那样。"她说。

蒂姆没有理她。"保姆？"

她在水槽旁冲洗刚才盛舒芙蕾的盘子。她转过身，在围裙上擦了擦手，然后好奇地看着蒂姆说："怎么了？"

"你会看破红尘，遁入与世隔绝的女修道院。我们一年去看望你一次，隔着护栏和你说说话。当然，除了简，因为她会悲惨地死去，在青春的花季凋零。"

"我告诉过你，我是长老教教徒，我们不去女修道院。"

蒂姆想了想："那就做传教士吧。准备去最黑暗的非洲，驯化那些野蛮人吧。"

保姆皱起眉，拿起一块抹布。

"那我们呢？"双胞胎兄弟异口同声道。

"A、B，你们得逃跑，去加入马戏团。托比·泰勒就是那样做的，还记得我们读过的那本书吗？"

"记得，"巴纳比A说，"我喜欢它。那本书非常老派，托比是个孤儿，非常值得一提的是——"

"他的宠物猴子死了。"巴纳比B接道。

"可我们不喜欢马戏团，"巴纳比A说，"除了偶尔出现的大象之外。"

"而且我们对干草过敏。"他的双胞胎兄弟指出。

"老派家庭的孩子不过敏。"蒂姆说，"如果你们不喜欢加入马戏团这个主意，那你们可以造一艘筏子，和哈克贝利一样顺着密西西比河漂流而下。"

"我们不会游泳！"双胞胎兄弟恸哭道。

"这就更像一场老派风格的冒险了。现在，到我了——"

"对，你呢？我们不是得了过时的疾病快要死了，就是过敏打喷嚏、被卷进漩涡里、迷失在丛林里寻找野蛮人，而你大概在为自己计划某些精彩的事情吧！"巴纳比Ａ生气地说。

"完全不是这样。我将拥有一个典型的老派男孩的未来。首先，我会自力更生，然后——"

"什么叫自力更生？"简抬起头来问道。她正在用扫帚上扯下来的一根草逗猫。

"那不重要。我会穿一件破破烂烂的衣服，站在街角寒冷刺骨的风里卖报纸，然后把辛苦挣来的每一分钱积攒下来，希望有一天遇见一位富有的商人，也许他还有个漂亮的女儿，他会赏识我的才华，就像落魄迪克那样，作者叫什么来着，小霍雷肖·阿尔杰？还记得吗？然后——"

"一位富有的商人，"保姆重复道，"你的意思是，一位大亨？"

"是的，没错，一位富有的实业家。"

"一位领养人？"

"波丽安娜有领养人！"简回想道，"不过是到了书的末尾才找到的。"

"是的，"蒂姆说，"就是那样。然后他会——"

"我有个主意。"保姆突然说，一边解开了她的围裙。

蒂姆皱起眉："保姆，你总是插话！你说的是什么意思，你有个主意？所有的主意我都了然于胸了！"

"可我们不喜欢你的主意。"简说，她站起来，猫咪吓了一跳，快速跑向了厨房，并且假装早就想要走了，"你的主意是什么呢，保姆？"

可保姆也已经离开了厨房。她从大厅柜子里取出她正式的深蓝色保姆披肩，打开了前门。"孩子们，我一小时后回来。"她说。

＊＊＊

于是，整个威洛比家，连同保姆和那只猫，都搬进了那座公馆。因为提到了领养人和大亨，于是保姆想起了梅勒诺夫指挥官，然后，保姆向他描述了他们的困境，并自愿承担照顾露丝宝贝儿的角色。指挥官的眼睛散发出了喜悦的光芒。几天后，他们拉着玩具小车，车上装着几箱打包好的内衣和待在猫包里的猫，来到了他们的新家。除了身上穿的衣服之外，包括那件米色毛衣（那天轮到巴纳比A穿），他们把其他一切东西都留在了过去。因为梅勒诺夫指挥官向他们保证，他会提供一切生活所需。

和老派的人一样，他们投靠了他的仁慈。"我们没有钱，"蒂姆紧张地解释，"房产中介那位女士说，买家付了好多好多钱。可她一分钱都没有给我们，她把钱都寄给我们的父母了。"

"他们去爬雪山了。"简补充道。

"唉，如果你不介意的话，"梅勒诺夫指挥官紧握手帕，擦了擦眼睛，说道，"请你不要提起那个词。"

"爬？"简瞪大眼睛问道。

"不，那个带'山'的词。它唤起了悲伤的回忆。我们换个话题吧。我们不会再谈论钱了，没有必要，我有很多钱。"

　　"您是怎么得到那么多钱的？"蒂姆好奇地问，"有一天我也要那么做。我想过了，我可以站在寒风凛冽的街角，卖——"

　　"不，不，你得发明点什么，你得给它起个动人的名字。很多年前，我发明了一种糖——一种黑色的长螺旋形糖，添加了甘草味儿——我把它命名为'扭舔糖'。就是它让我成为了亿万富翁。"

　　"是您发明了扭舔糖？我们最喜欢吃扭舔糖了！"双胞胎兄弟惊叫。

　　"但是保姆不让我们吃。"简说。

　　"是的，我们只能偷偷摸摸地吃。她说那对牙齿不好。"巴纳比A张大嘴。"我有一颗龋齿，"他说，"看见了吗？"

　　"嗯，它对牙齿非常不好，"梅勒诺夫指挥官赞同地说，"我自己从来不吃。等露丝长大能嚼东西了，我只会让她吃苹果，偶尔可以吃几块姜饼，绝不让她吃扭舔糖。"

　　"可那些吃了它，牙齿坏掉的可怜孩子怎么办呢？"简难过地问。

　　指挥官叹了口气。"啊，"他说，"很遗憾，这就是我们亿万富翁的生存方式。'购者自慎'。别人的不幸造就了我们的成功。"

　　"可您也做了好事，"简拍了拍他的手，温柔地安慰着他，"您收养了婴儿。"

　　"您还接纳了贫困的孩子。"巴纳比A说。

"还雇用了无家可归的保姆。"巴纳比B补充道。

"我真的很喜欢保姆，"指挥官说着，脸色明朗起来，"她是个帅气又能干的女人。她让我的思绪远离了悲伤。话说，她在哪儿呢？"他环视着四周。

"照顾露丝，做饭，"蒂姆对他说，"不久前她刚洗了衣服，刷了浴缸。"

"她真了不起。"指挥官嘀咕道。

"一会儿她打算给地板打个蜡。"

"她太了不起了。她有，呃，有丈——呃，我的意思是，她结婚了吗？"

"噢，没有，她是个老派的人，没什么钱的老姑娘，"蒂姆解释道，"受过良好的教育，拥有良好的名誉，但父亲去世前欠了一屁股债，一分钱都没有留给她，因此她被迫从事了家政服务。"

梅勒诺夫指挥官叹了口气。"熟悉的故事，就像简·爱。好吧，"他说，"让我们希望，就像大部分的老派故事一样，这个故事也会有一个大团圆结局吧。"

18
该去徒步旅行了

　　"亲爱的，你瘦了，"一天早晨，邮政所长的新婚妻子对她的儿子说道，"在你的木斯里①上面多加些奶油吧。"

　　"对不起，母亲，可我鄙视木斯里。"他说。

　　"请说德语。"邮政所长对他说。他非常希望男孩的德语水平得到提高。他觉得，如果男孩的德语能好些，他也许会更喜欢他一些。

　　"木系（斯）里特（太）恶心了，"男孩呆滞地把调羹插进碗里，"恁（弄）得我想吐。"

　　"他几乎什么都不吃。"他母亲对丈夫说。

---

①瑞士的一种传统早餐，添加了水果、坚果等的什锦麦片。——译者注

"他越来越缺乏自律了。每天早上练习深呼吸的时候，他是不是都弯着膝盖？他每天都读一章《圣经》了吗？把自己的玩具收好了吗？"

"不。他花了好几个小时在游戏桌上摆放他的小玩具士兵，都没收起来就去睡觉了。我告诉他多少次了，每天晚上都得把它们收进盒子里，但他不听。他的房间也不整洁。我把他的衣服都按字母顺序整理好了，但下次我一进去就发现，他把上衣和睡衣放在一起。可我已经和他重申过很多次，上衣应该和短裤、鞋子放在一起。还有，他的床角也没塞好。"

邮政所长摇摇头，失望地看了看男孩，然后看了看表："我已经晚了将近两分钟了。"他一边说，一边仔细地把餐巾折成三折。

他的新婚妻子朝他微笑。"午饭时间是中午十二点二十七分。"她说。

"很好。"他精准地调整了一下制服外套的衣领，然后扯掉袖子上的一根线头。"你有一根头发乱了，亲爱的，"他深情款款地对她说，"那儿，在头顶。"

"我会重新编一下的。"她承诺道。

"也许，"他临出门前补充了一句，"那个男孩可以来一场徒步旅行？几个星期的远足或许能让他得到锻炼。"

继父走后，男孩从一口没动的木斯里上抬起头来。"他的意思是，我一个人去吗？"他问母亲。

"是的，亲爱的。那是老派男孩变得强健和成熟的一种方式。尤其是像你这样瘦骨嶙峋、软弱无力、可怜兮兮、做事毫无条理的人。"

"你们会给我地图吗？"

"噢，会的，还会在你背包里放些维生素和止咳药。"

"可是我自己一个人去？"

"别害怕，亲爱的。很多老派男孩都这样做了，而且大部分都活下来了。"

"我能选择路线吗，还是你会用你一丝不苟的方式帮我全部计划好？"

母亲叹了口气："我很愿意那样做，亲爱的。可习俗是，徒步者要独自一人找到自己的路。你要追随着你的梦想，那是你的探险。"她哼了一小段《做不可能实现的梦》，然后去给厨房墙壁上的咕咕钟上发条去了。

男孩忽略了木斯里干巴巴、如药一般的口感，急忙咽下了他的早餐。现在，他开始想象自己的探险、自己的梦想，以及他模糊记忆中的爸爸。"我要多久以后才能走？"他问。

母亲上完发条，核对了一下她瑞士手表的时间。"大概一小时之后？"她提议道。吃完早餐后的这个时间，应该马上跪下来读《圣经》的。可男孩不管这些事情了，而是兴奋地回到自己的房间，收拾行李去了。

等到邮政所长汉斯·彼得在中午十二点二十七分回来吃午饭时，男孩已经走了。他的房间里空空如也。邮政所长的妻子把他的玩具士兵都收起来了，衣服都放进了按字母顺序打上标签的盒子里，连墙都重新刷过了。

19
实验室里的漫长时光

　　现在有了保姆照顾露丝，梅勒诺夫指挥官的生活发生了巨大的改变，每天都泡在公馆角楼的实验室里。在实验室里，他一向是最快乐的，在那里，他可以调制、测量和品尝各种东西，不断寻找下一种成功的糖果，一种可以和扭舔糖媲美、再给他带来一笔巨额财富的东西。

　　私下里，他不得不承认，自从妻子遭遇雪崩被埋以来，他做实验轻松多了。现在，很明显，早已死了（想到这里，他不禁吸了吸鼻子）。她坚持把实验室打理得井井有条。每当他觉得自己已经非常接近他所追求的完美组合——坚果、巧克力、焦糖、棉花糖和葡萄干，第二天早上他急切地回来时，却发现一切都没了：容器都已经洗好擦干，收起来了（碗在纸盒左边，平底锅在汤锅前面，用来搅拌的勺都按大小排好了），他写有配方比例的纸条已经被扔进垃圾桶带走了。他叹了口气，又要重新开始：测量、搅拌、加热、品尝。但他的努力似乎注定要失败。

后来，当然，雪崩的悲剧发生后，他丧失了激情，实验室里的餐具已经蒙尘多年。但现在，他又重新注入了活力，他把一切都清洗了一遍，打开新的食材，准备再次开始。

他小心翼翼地融化并称量了一些巧克力。

隔着实验室的门，他能听见那一家人欢乐而忙碌的声音：孩子们在玩耍，保姆在干家务、做饭，露丝宝贝儿在她的游戏围栏里咯咯直笑，两只猫咪（威洛比家的猫很快和梅勒诺夫家的猫成了朋友）蹿来蹿去，袭击着想象中的老鼠。

他开心地敲碎了一些坚果，加入巧克力里，用手指蘸了一点尝了尝，想了想，然后断定这是错的。现在他想起来了，巧克力应该罩在糖果的外面，坚果应该和里面的焦糖混合。他扔掉失败的巧克力坚果混合物，重新开始。

楼下，他听见厨房里的烤箱计时器发出了"哔哔"的声音。他能想象，穿着花围裙的保姆正弯下腰，打开烤箱门，窥视着无论是什么，都香气扑鼻的晚餐食物。噢，如果他不是那么绅士的话，也许会在她弯下腰时，深情款款地拍一下她的屁股。

他摇摇头，甩开了这种不正当的想法，开始搅拌刚刚融化的巧克力，然后把它放到一边。他用另一只平底锅加热焦糖，让它变软。他再次拿起菜刀，把核桃剁碎，然后把核桃碎撒进温热的焦糖里。他用手指蘸了一点，尝了尝。"不对。"他想道，"应该是山核桃，而不是核桃。"他叹了口气，但不是挫败的叹息，更像是一种充满快乐和创造力的气息（稍微夹杂着对楼下厨房里保姆的想法），他再次开始。

当然，他觉得，尽管食材的完美组合是最基本的，但他仍然需要给这款新糖果起个完美的名字（正如他向孩子们解释的那样）。"要把它印成蓝色的，"他想，"不，还是红色吧。"他要在这款糖果的包装纸上印上大大的红字。

"巧克坚果？""山核桃巧克？"好傻。他排除了这些，继续切山核桃。名字不一定需要包含食材，他想起来。他先前的成功源于提到了吃的动作——"舔"变成了"扭舔"。这款糖果里面都是焦糖，应该嚼着吃。"嚼，"他想，"嚼黏黏。"听起来很合理。

他想象着一个孩子站在糖果柜台前，说："我想要一条嚼黏黏。"

"我要三条嚼黏黏。"他能想象孩子们购买时的急切心情。

他皱起眉，把山核桃碎倒进融化的焦糖里。也许把它和"软黏黏"联系在一起并不是一个好主意，可能会让家长们紧张，他们会想到蛀牙和看牙医的账单。

楼下，他能听见快乐的笑声和保姆令人鼓舞的歌声："做蛋糕，做蛋糕！面包师傅！"他想象着她轻轻地拍着手，他想象着婴儿幸福的笑容。可爱的孩子，露丝宝贝儿。

20
糖果店的偶然发现

男孩开心地徒步到了邻村，他一边走，一边唱着约德尔歌曲，还时不时地跟挤奶女工和牧羊人挥手，偶尔摘下一朵花。蓝天，开满鲜花的绿草地，雪山。在这片开阔的山岭上，他发现，之前让他头痛的牛铃声，现在成了这片风景里迷人的背景音乐。他向峰顶一瞥，山峰的阴影覆盖了他原来的村庄，想到那些在山顶迷失方向的勇敢的登山者，他的心中不禁涌起一股自豪感。他曾经用一位邻居的望远镜看过一次，看见了他们就在那儿，东一个西一个地倒在陡峭的冰崖上，被永久冰冻了起来。人们还讨论过，要把他们的轮廓印在邮票上，甚至是瑞士国旗上。那些携带着绳子和斧头的僵硬的形体，是国家的英雄。有一个已经在那儿五十多年了。

尽管男孩现在看不到，但已经多了两个人加入到那个光荣的群体中。他们头上的冰爪就像皇冠一样，他们的勃肯凉鞋和百慕大短裤都变硬了，就像博物馆里的史前器物一样，他们像冰棍一样被速冻起来。在稀薄而干净的空气里，威洛比夫妇变成了已故的威洛比夫妇，到最后，他们的孩子成了真正的孤儿，以及遗产继承人。

男孩一边吃力地走着，一边思考着旅行计划中他的探险方案。他后悔没有多加留意母亲寄给父亲的那些信一次比一次恼火，却从来没有回信。当然，他知道"梅勒诺夫"这个姓氏，是他自己的姓氏。可他不知道该去哪儿找，或者该怎么找那个他曾经唤作"爸爸"的人。

下一个小村庄，有一座座拥有红色百叶窗的小木屋，窗前的长条花盆里开满了天竺葵和万寿菊。男孩环视着四周，寻找商店。他饿了。背包里装满了干净的内裤和维生素片，可母亲并没有给他打包食物，幸好他在最后一刻想到了带上钱。他用一把小巧的金钥匙打开存钱罐，取出存下来的钱，一大笔钱。他母亲是一个富有的女人，他们生活在被埋车厢里的那几年，没办法购物，钱是花不掉的。但每个星期她仍然按职按责地给他一笔零花钱。当他们获救时，她把自己的钱都存进了当地的银行，因为她是一个理智而有条理的女人。可男孩不想和自己的钱分开，他喜欢沙沙作响的钞票上面那些有趣的图案，尤其喜欢一百瑞士法郎上面那个喂羊的金发男孩。尽管母亲指出，这样他无法获得利息，但还是允许他存在家里了。

现在，他背带皮短裤的口袋里、背包缝隙里、他讨厌的带羽毛的愚蠢帽子里，都装满了瑞士法郎。

在一个小火车站旁边的咖啡馆小商店里，他买了一份香肠沙拉、一杯牛奶，还有他喜欢的一种油炸苹果饼干。他在咖啡店里看见一列火车进站，两个乘客下了车，然后火车继续向前开，消失在群山之后。他吃饱喝足了，感觉很开心，又有点担心自己还是缺少一个计划。也许这个村子里有旅馆，他可以在这儿过一夜？或者，像一个老派的男孩那样，为了省钱，他可以在谷仓里凑合一夜？

但他知道，一个探险途中的男孩应该坚持下去，应该追寻他的梦想，而不是懒洋洋地躺在谷仓里做白日梦。男孩思考着他的选项，决定以一块糖果结束今天的午饭，那是家里从来不让吃的东西。买糖这件事，有种长大了的感觉，也有些像冒险。这家小商店的玻璃柜里正好有一些精品糖果，大多数是瑞士巧克力。他扒在玻璃柜前研究着它们，试图从小卡片上充满异国风情的名字中挑选一种：曼陀林、吉安杜奥提、斯特拉切特拉、诺塞廷、努斯芬、卡拉麦里塔、阿蒙德卢克斯、努索尔、麦克谢多、可奈乐沃、诺奇诺。

店主微笑地看着男孩。这些漂亮的巧克力基本上都是游客买回家做礼物的。他朝男孩打了个手势，暗示他另一个选择，一种普通的、村子里的孩子拿着硬币来买的日常糖果。他看见男孩的眼睛亮了起来，仿佛认出了一位老朋友似的。"噢！我要买那个！"他激动地指着某块糖果对店主说。接着他想起来自己应该说德语："那系（是）什么？"

店主把手伸进柜子，将那块长螺旋形的糖果递给了男孩。"扭舔糖。"他说。

回忆一下子涌上了心头。男孩用尽浑身解数，用德语询问，能否给他看一下这块糖果的原包装。店主是瑞士人，十分有礼貌，无法指责他糟糕的德语。丢弃的包装纸都被他整整齐齐地叠好，收了起来。现在他拿来一张，递给了男孩，男孩激动万分地研究着它。包装纸上印着梅勒诺夫糖果工厂的地址。

那距离真是太远了——从这个瑞士小村庄出发，要穿越半个地球。男孩环顾着四周，思考着这场史诗般的旅行。从他站的地方，他能听见附近农场里的一只公鸡在叫，幼儿园里的孩子们在唱歌，还有一个小瀑布的水流翻滚着从岩石上跌落下来，撞击着山脚。瑞士的一切都是祥和美丽的，好像上百年、也许上千年都没有变过。

有一根小树枝戳到了他那只扎腿的羊毛长袜，袜子耷拉了下来。他俯视着它，心里想道，母亲要是看到他如此狼狈，该多么苦恼啊。他笑了起来。接着，男孩舔了舔这块长长的、软软的糖果，来到隔壁的小火车站，默默地研究起墙上的地图。过了好一会儿，终于，带着一种冒险精神和对未来的憧憬，他买了一张去鹿特丹的车票。

21
一个决定，一个宣告，一次意外的抵达

　　一个月过去了，当梅勒诺夫指挥官在实验室里试吃了一口，他可以肯定，这款糖果终于完美了。这是他的杰作，经历了无数次的试错！他暗暗发笑，因为它最终的配方很简单：加了一点牛轧糖，然后把融化的巧克力倒在上面，凝固成这块美味的小巧克力棒。

　　现在，他的实验工作完成了，可以把配方和做法交给工人了，然后他们就可以开始生产，在巨大的不锈钢大桶里混合那些食材。很快，经过最后一台机器后，几千根巧克力棒便唰唰地列队出现，来到包装部，被装进干净卫生的包装纸里密封起来，包装纸上印着鲜红色的名字，最后被装进纸箱，运送到全世界的经销商那里。

很快，它们就会出现在许多街边小店里、电影院的点心柜里，以及随处可见的自动贩卖机里。他能想象那幅画面。他能想象欢笑的孩童们、慈爱的奶奶们、青少年们，所有人都指着那些很快就会脍炙人口的红色字母，想要——

想要——

他叹了口气。名字！他还不确定起什么名字。

可他觉得，这个名字不应该和任何食材有关系，也不应该和任何肢体动作有关：不是舔，不是嚼，也不是啃之类的。不，作为名字，它需要非比寻常，还要甜美。

事实上，他正在考虑用他孩子的名字来命名这款新巧克力棒。

***

公馆的楼下，和往常一样，露丝宝贝儿正在前厅玩耍。她刚刚学会走路，胖墩墩的腿还不太稳。她蹒跚着走过东方地毯，努力地追猫。那两只猫淘气地扫着尾巴逗她，等她走近，便飞快地跳开，不让她够到。

双胞胎兄弟在会客室里下棋，蒂姆在奋力地用轻木拼一架模型飞机，他非常小心地避免闻到胶水味儿。简在厨房里帮保姆给纸杯蛋糕撒糖霜。

梅勒诺夫指挥官从实验室里下来，准备宣告他研制了一个月的糖果终于大功告成了。想到自己的作品，他露出了骄傲的表情。当他站在精致的楼梯一层转角平台上，看到他的家人正忙于他们快乐的事业时，他变得深情起来。不久之前他还是一个郁郁寡欢、愁眉苦脸、邋里邋遢的人——是的，他不得不承认，邋遢。他曾以为，再也没有什么值得期待的事情了。现在，厨房里弥漫着诱人的香气，有五个孩子住在这里，他们都是老派的、规规矩矩的、干净、健康和明媚的。暮光从高高的窗户里照进来，窗户很干净，亮堂堂的。地板也闪烁着蜡的光泽。

梅勒诺夫指挥官环视着四周，自豪而心满意足地笑了。视野中，只有一样东西稍微有些不和谐，有点令人不愉快，不那么得体，便是墙边那一大摞皱皱巴巴的黄色信件。它们在那儿放了太久，连猫都懒得拍打它们，露丝宝贝儿也失去了对它们的兴趣，现在她会走路了，有很多其他事可以研究了。

但指挥官现在注意到了这些信件，片刻间想起了那段伤心的过往。他思考着该怎么办。接着，他清了清嗓，仿佛准备要宣布什么。

大家都抬起头来，连猫也抬起了头。

保姆拿着刮刀从厨房走了出来，简跟在她身边。

"我决定了。"梅勒诺夫指挥官宣布道。

"您想好巧克力棒的名字了？"蒂姆问。

指挥官摇摇头："哦，那个啊，是的，我想是的。可我现在想说的不是那个。"

巴纳比A在棋盘上偷偷地走了一步，吃了弟弟的一个棋子，做了国王。

"晚饭马上就好了，是鸡肉。"保姆说，"不是要催您的意思。"

"我长话短说，"指挥官回答，"大家聚拢一点。保姆，露丝宝贝儿，威洛比们：蒂姆、A、B和简。"（他已经习惯叫他们A和B了，可他又像往常一样想了想，总觉得"威洛比"这个名字莫名其妙地似曾相识。）

他站在楼梯上朝大家微笑，大家都聚拢过来，很好奇他要宣布什么。

"这个家，"他开始说道，"过去几个月发生了翻天覆地的变化。全都是因为你们，因为你们每一个人。"

"当然有你，露丝宝贝儿，你神秘地出现，抚慰了我的伤痛。"那个刚刚会走路的小孩听懂了自己的名字，咯咯咯地笑了起来。"很快，有一天，有一款绝妙的巧克力棒会以她的名字命名。"

"蒂姆，"指挥官慈爱地看着那个男孩，"对于一个优秀的老派小伙子，我能说些什么呢？当然，很遗憾你们的父母神秘地失踪了，我们都对此感到很悲痛。但是，本着真正的孤儿精神，你自力更生地站了起来，而且——"

"什么叫自力更生？"简大声嘀咕。

"嘘。"蒂姆对她说。

指挥官继续说道："而且，在未来的某一天，我会送你去读律师学校，你应该成为梅勒诺夫工业的法律顾问。"

"A和B。"梅勒诺夫指挥官亲切地看着这对双胞胎。今天是星期二，巴纳比B穿着那件毛衣。过长的袖子让他难以移动棋盘上的棋子，可这对双胞胎已经习惯了这个障碍。明天，巴纳比A将穿上这件毛衣，不利因素便颠倒了过来。

"对于这两个可爱的男孩，我能说些什么呢？他们让我想起了——"他吸了吸鼻子，擦了擦眼睛，"他们这个年纪——"他再次用手帕轻拭了下眼睛，"呃，我不想总沉湎于我自己的悲剧了。我只想说，有一天，当你们到了那个年纪，我会帮你们选两个名字，这样你们就不会再被随意地以字母命名。我会——"

"我们有名字。"双胞胎异口同声地说。

"嘘。"蒂姆对他们说。

"还有亲爱的简，"指挥官继续说道，"那么可爱、自信的小女孩，你——"

"我饿了。"简大声说。

"嘘。"蒂姆对她说。

指挥官向简抛出一个飞吻。

"最后，亲爱的保姆，"梅勒诺夫指挥官痴情地凝视着保姆的双眼，"你把房子变成了家。曾经这里多么肮脏，现在却干干净净。曾经这里是冰天雪窖，现在却温暖如春。曾经这里寂若死灰，现在却欢声笑语。曾经——"

"指挥官，"保姆简单直接地说道，"那不仅仅是鸡肉，是柠檬刺山柑酱汁炖鸡肉，现在开始凝固了，很快就不能吃了，能快点完成演讲吗？"

指挥官轻声笑道："对不起，我确实绕了点弯子。所有这些讲话都是铺垫，我们马上就能去吃晚饭了，因为我要宣布的事情很简单，那就是，我决定要把那摞信件处理掉！"

他朝那一大摞来自瑞士的尚未拆开的信件和电报用力做了个手势。"等吃完晚饭之后——话说，有甜品吗？"

保姆点点头。"是焦糖布丁，"她说，"如果还没有烧干的话。"

"吃完甜品，"他继续说道，"我们在壁炉里点一把火，把那摞东西一张一张地烧掉。"

"要先拆开看看吗？"蒂姆问，"不过那需要花很多时间。"

"不用了，"梅勒诺夫指挥官说，"都是在简单地重复着可怕的消息。事发一年半后，我就不再打开它们了。我们直接烧就行。"

他们朝客厅走去，晚饭已经摆上桌了。保姆抱起露丝宝贝儿，把她放上她的红木高脚椅。

"他说得对，"简在座位上体贴地说，她打开亚麻餐巾，规整地铺在荷叶边连衣裙上，"我打开了好多封信，内容真的非常无聊。"

"是吗，亲爱的？"保姆把一盘鸡肉放在梅勒诺夫指挥官面前，"你是在练习阅读吗，像个好女孩一样？"

简点点头："是的。但全都是'你什么时候来接我们，你什么时候来接我们'这句话，反反复复。"

"谁去接谁（who）啊？"蒂姆问。他把盛有鸡肉的盘子传给其他人。

"应该是'谁（whom）'，亲爱的。"保姆提醒他。

梅勒诺夫指挥官把柠檬刺山柑酱汁浇在鸡肉上。他尝了一口，然后陶醉地闭上了眼。"太好吃了，保姆，"他说，"一如既往。"

"简，谁应该去接谁啊？"蒂姆再次问道，他这次的语法对了。

简耸耸肩："我不知道，她没说。然后第二年，她很生气。信里说的全是，'反正我也没有喜欢过你，你这个老瘪三。你到处乱扔脏袜子，从来不捡。'"

"'老瘪三'不是一个很好的词，"保姆对她说，"咱们永远都不能用。"

"A，你能递给我一点西蓝花吗？"梅勒诺夫指挥官礼貌地说，"你先自己盛一些。"

"她还说了比'老瘪三'更难听的话。"简说。

"亲爱的，你说的是谁？"指挥官问，"你尝过西蓝花了吗？上面有一点点碎芝士。"

"我不知道是谁，她从来没说自己的名字。"简尝了一口西蓝花，"但最后一封信，上个月来的那封信，就是你放在最顶上摇摇欲坠的那封，里面有一个难听的词。"

梅勒诺夫指挥官叹了口气："那些救援者，那么多年了，他们一定也很恼火。我真该早点告诉他们别挖了。真抱歉他们用了难听的词，简，咱们不要再去想它了。"

"不是'他们'，"简对他说，"是'她'。我可以说那个难听的词吗？"

"就这一次，轻轻地说。"保姆批准道。

桌子上一片寂静，大家都在等着简，可爱的简，说一个难听的词。简皱起眉头，回想起那封信来。然后，她轻轻地把她看到的内容背了出来：

"'你这个老不死的，你儿子跟你一模一样，他从不收拾自己的东西。我和我的新婚丈夫把他打发走了，让他在这世界上自生自灭。摆脱你们俩真是太好了。'"

简朝保姆一瞥："'摆脱'真是个非常难听的词，我再也不会说它了。"

但没人听见简在说什么，他们只听见梅勒诺夫指挥官的椅子"砰"的一声翻倒在地，他跳起来，冲进大厅，开始在那一摞信件中翻找起来。他们听见他大声啜泣着，反反复复地说着这几个字："我的儿子！我的儿子！"

然后，大家坐在那儿，还没回过神来，便听到了一阵尖锐的门铃声。保姆立刻起身，跑了过去，所有孩子都跟了过去，除了露丝宝贝儿，坐在高脚椅上的她一边开心地敲勺子，一边咯咯笑，两只猫跳上桌子，开始吃鸡肉。

"不管来的是谁，都叫他走。"梅勒诺夫指挥官啜泣道，他跪在地板上，被信封包围着，他一边哭，一边把信挨个儿撕开，"现在我谁也见不了。"

保姆礼貌地打开门，准备执行他的指示。可门外是一个在寒夜里瑟瑟发抖的小男孩，她惊讶地后退了一步。他的头发又长又乱，披到了肩膀上，他的脸很脏。他又瘦又脏，一身狼藉，穿着一条奇怪的皮短裤，破破烂烂的，沾满了油渍。他裸露的膝盖伤痕累累，羊毛袜也破了，松垮垮地耷拉着。

"是放羊娃彼得，"蒂姆惊讶地嘀咕道，"简直就是从《海蒂》里走出来的！我们可以教他读书写字，然后一起欢笑、拥抱，聊聊那些宗教信仰的事！"

"嘘。"保姆训斥道。她往旁边迈开一步，让这个衣衫褴楼的男孩进门。男孩挨个儿打量着他们，但丝毫未露出认识他们的迹象。不过，当他看见大厅里跪在地上哭泣的、穿花呢外套的那个魁梧男子时，他的脸色一下就变了。他的眼睛燃起了光芒。

"爸爸！"他说，"我回来了！"

尾声

噢，对于这样一个老派故事的大团圆结局，还有什么可说的呢？

当然，还有一些细节要补充和解释，以及对一些后续事件的提及。

梅勒诺夫指挥官的小儿子是如何只戴着一顶装满瑞士法郎的傻羽毛帽，既没有护照，也没有其他官方文件，成功地跑了半个地球？嗯，他是一个老派的、有进取心的小伙子。鹿特丹是欧洲的几个主要港口之一，他在那儿躲进了一艘载满货物、开往大西洋对岸的船。当然，他被发现了，于是被迫做了服务员，待遇很差，一直加班，没有工钱。他干净的内裤在亚速尔群岛被山贼偷走了。可他成功地克服了困难，抵达了目的地。最后，他会接任父亲，成为这家糖果公司的总裁，维续着最佳糖果商的地位。

让人难过的是，指挥官呕心沥血研制出的那款巧克力棒并没有大卖。也许问题出在名字上。想起扭舔糖这个典范时，他总是说，名字意味着一切。可他把那款巧克力棒命名为"小露丝"，它却没能流行起来。

但说真的，他不在乎了。他的财富已经够多了，当他的儿子回到了他身边——当他和保姆结了婚（他的确这样做了，毫无意外）——他感觉人生圆满了。

但名字这件事，依然有点小问题。梅勒诺夫指挥官的儿子出现的那天晚上，在一片快乐的困惑中，双胞胎其中一个问那个衣衫褴褛的男孩："你叫什么名字？"

那个男孩回答："巴纳比。"

双胞胎兄弟我看看你，你看看我。"C？"其中一人提议道。

"看什么①？"新来的巴纳比问。

"看我儿子！"梅勒诺夫指挥官尖叫道，他依然欣喜若狂。他捧起那个男孩脏兮兮的脸，在两边脸颊上各亲了一通，然后满面笑容地看着他。

"不，"双胞胎兄弟解释道，"我们的意思是，我们也叫'巴纳比'。"

"我是巴纳比A。"其中一人说道。

"我是巴纳比B，所以他就是C。"

"胡说八道！我的儿子绝不能叫C！你们俩有中间名吗？

---

① "C"音同"see（看）"。——译者注

我们用你们的中间名给你们重新取名吧。"

双胞胎兄弟叹了口气，坐立不安，十分尴尬。蒂姆上前一步，解释起来。"我叫蒂莫西·安东尼·马拉奇·威洛比，"他说，"因为我们的父母，不好意思，保姆，他们是笨蛋，他们认为名字的音节越多越好，如果是男孩的话。"他同情地看了下妹妹。

"所以双胞胎的名字是——？"

"呃，双胞胎出生那天晚上，我们的父母刚去了一家意大利餐厅。所以他们叫——"他看着两个弟弟。"你们愿意说出来吗？"他问。双胞胎点点头。

"我叫巴纳比·海鲜意面·螺旋面·威洛比。"其中一个叹着气说。

"我叫巴纳比·意大利饺子·螺丝粉·威洛比。"他的兄弟红着脸说道。

"我的天哪，"梅勒诺夫指挥官说，"我不知道该怎么办了。可我不喜欢ABC，我担心它最终会阻碍你们在商界的发展。有什么建议吗？"他环顾四周，寻求帮助。

"为什么不改个名字呢？"蒂姆说。

"是啊！我喜欢'比尔'这个名字！"巴纳比A说。

"我可以叫'乔'吗？"他的双胞胎兄弟问。

于是就这样决定了。他们来到法官面前，和他们的哥哥妹妹一起被收养了。他们变成了比尔和乔，一直非常快乐地使用着这两个名字度过了余生。

孩子们正式成为梅勒诺夫家的一员后，指挥官不再纠结之前到底在哪儿听过"威洛比"这个名字了。（如果他没有把露丝宝贝儿身上那张纸条和所有的瑞士信件一起烧掉的话，他还可以再看一遍，就会发现那些铅笔留下的字迹："如果找到这个讨厌的婴儿有什么奖金的话，必须交给威洛比家。"这便解答了他的疑问，但也有可能引发新的疑问，于是那张纸条意外且神秘地消失了。）

第三个巴纳比保留了自己的名字，但大家都叫他小巴纳比。（似乎梅勒诺夫指挥官的名字也叫巴纳比。）后来他发明了一种叫作"小薄荷糖"的东西，如果不是已经有人发明了这种东西，它可能会相当成功。再没有什么能超越扭舔糖了。

露丝宝贝儿成年后，找到了她的生母，那个女人的生活有了好转，现在安稳地生活在伊利诺伊州尚佩恩市。露丝把那个柳条篮镀上金，做成了纪念品，在圣诞节的时候送给了她。

令人惊讶的是，她和没有血缘关系的哥哥蒂姆结了婚。蒂姆正如预期中那样，成了一名律师。他在糖果工厂有一间办公室，门上的黄铜牌子上写着：法律顾问蒂莫西·安东尼·马拉奇·威洛比·梅勒诺夫先生。这份工作允许他专横跋扈，可他太爱他的妻子了，于是从此不再冷酷无情。

双胞胎兄弟比尔和乔都没有结婚。现在，他们运营着一间名叫"大毛衣"的服饰连锁店，给生了双胞胎的家庭提供买一送一的服务。

简长大后成了一位女性主义文学教授，她和一个名叫史密斯的男人结了婚，生了三胞胎女儿，她给她们起名为莱文德尔、阿佩姬奥和诺克斯泽马。

在瑞士，邮政所长和他的妻子高效地运营着那个小邮政所，一直过了很多很多年。他们也没有要孩子，因为他们不喜欢孩子把事情搞得一团糟。还年轻的时候，梅勒诺夫指挥官和他的第二任妻子——保姆，还有他们的六个孩子，会去瑞士旅游：夏天去徒步，冬天去滑雪。他们总是在那个乡村邮政所友善地逗留片刻，说一声"你好"，喝一杯茶。

每当这个时候，原来是威洛比家的四个人——他们毕竟与邮政所长和他的妻子没有任何瓜葛——总是礼貌地告辞，一起在附近那条宁静的小路上走几分钟。在那儿，他们郑重地站在山脚下，互相传递着望远镜，眺望那座让他们成为孤儿的、暗藏危险的山峰。他们一起向远方父母的身影敬礼，他们的父母已经冻硬在那里。那两位因抵达了这样的高度而喜悦，脸上永远挂着灿烂的笑容。

这不是一个悲伤的场合，真的，只是威洛比兄妹常做的一件事。在这之后，他们总是会去喝一杯热可可。

完结

参考书目

（这是一些过去的书，都强调悲悯，同时也有可怜的孤儿、坏脾气的吝啬亲戚、宽宏大量的领养人，还有讨人喜欢的孩子们带来的转变。）

《哈克贝利·费恩历险记》

作者：［美］马克·吐温，1884年出版。

孤儿哈克贝利·费恩和他的朋友吉姆一起造了一张木筏，顺着密西西比河漂流而下，希望远离文明社会。他们没能做到。无畏的哈克发誓要再试一次。

《鲍勃西双胞胎和婴儿梅》

作者：［美］劳拉·李·霍普，1924年出版。

鲍勃西家有两对双胞胎，他们经历过许多次冒险，解开过许多谜团。这一本书里，他们在家门口发现了一个被遗弃的婴儿。（后来发现，这个婴儿的保姆被罐头砸了脑袋，忘记把婴儿搁哪儿了。）他们的爸爸妈妈，可比威洛比太太热情多了。

《绿山墙的安妮》

作者：［加］露西·莫德·蒙哥马利，1908年出版。

11岁的孤儿安妮·雪莉来到了玛丽拉·卡思伯特位于爱

德华王子岛的农场，玛丽拉本以为会来一个帮忙干杂活儿的男孩，这个自来熟红发女孩的到来让她有些灰心。绿山墙的生活跌宕起伏，而安妮在这个世界里闯出了一片天地，改变了她遇见的每一个人。和大部分文学作品里的孤儿一样，安妮充满智慧，自尊自强，令人敬仰。

《圣诞颂歌》

作者：［英］查尔斯·狄更斯，1843年出版。

史克鲁吉是一位吝啬的、独来独往的绅士，整日沉湎于自己悲伤的过往中。在瞥见未来可能的模样后，他得以改变自己，变回曾经那个心地善良、慷慨的人。书里有个叫蒂姆的男孩，虽然不是孤儿，但他的行为很像孤儿。

《海蒂》

作者：［瑞士］约翰娜·斯比丽，1872年出版。

婴儿时期便已成为孤儿的小海蒂，在五岁时被她自私的姨妈送到瑞士阿尔卑斯山上，和她坏脾气的隐居者爷爷一起居住。她在那儿交了些朋友，其中一个是不识字的放养娃彼得。后来，她让一个名叫克拉拉的残疾小姑娘脱离了轮椅，学会了走路。

《詹姆斯与大仙桃》

作者：［英］罗尔德·达尔，1961年出版。

八岁时，詹姆斯因为一场动物园事故成了孤儿，他不得不和两个邪恶的姨妈（海绵团和大头钉）生活在一起。书中穿插了一些奇妙的元素，比如超大号的水果。最后这两个讨厌的姨妈被压扁消灭了，詹姆斯继续去寻找幸福。

《简·爱》

作者：〔英〕夏洛蒂·勃朗特，1847年出版。

孤苦伶仃的简·爱长大后在桑菲尔德庄园谋得了一份工作——给雇主罗切斯特先生被宠坏的外甥女做家教。在经历了一系列谜团和几近灾难后，简和她的雇主陷入了爱河，他们结了婚，后来应该生活得很幸福。

《小妇人》

作者：〔美〕路易莎·梅·奥尔科特，1868年出版。

四姐妹（梅格、乔、贝丝和艾米）和母亲生活在一起，她们叫她"妈咪"，她们的父亲参加南北战争去了。她们历经了许多奇遇和不幸。梅格性格成熟、通情达理。乔热爱文学，有股男孩气。艾米爱慕虚荣，傻傻的。贝丝道德崇高，却早早地去世了。

《随风而来的玛丽阿姨》

作者：〔英〕帕·林·特拉芙斯，1934年出版。

书里的玛丽阿姨并不像演员朱莉·安德鲁斯在电影里演的那样开朗活泼，热情洋溢。她只是一个一本正经、动不动就生气、自恋，又神经兮兮的保姆，一阵风把她吹到了位于伦敦的班克斯家里。他们家有四个孩子，不是孤儿。玛丽阿姨不会唱歌，也不想被描述为会唱歌的人。

《波丽安娜》

作者：［美］埃莉诺·霍奇曼·波特，1913年出版。

一个名叫波丽安娜的孤儿坐火车前往东部地区，去投奔她坏脾气的波利阿姨。波丽安娜能让一切事情都变得高兴起来，尽管她是个孤儿，又穷，又瘸。她用开朗活泼的性格改变了所有人，包括波利阿姨。

《衣衫褴褛的迪克》

作者：［美］小霍雷肖·阿尔杰，1867年出版。

衣衫褴褛的孤儿在温饱线上苦苦挣扎。男孩勤奋而诚恳，一位善良富有的人看到了他的价值，使这个男孩有了好的结果。

《秘密花园》

作者：［英］弗朗西丝·霍奇森·伯内特，1909年出版。

一夜之间成为孤儿的玛丽·伦罗克斯被送去米塞斯维特庄园和姨父阿奇伯德·克莱文一起生活。姨夫似乎不太喜欢她。但她交了一位有环保意识的朋友——迪肯，然后遇见了一个病恹恹的男孩——柯林。她说服柯林离开轮椅，学会了走路。这三个孩子齐心协力打理花园，一同茁壮成长。

《托比·泰勒，或马戏表演十周》

作者：［美］詹姆士·奥蒂斯，1923年出版。

一位名叫托比·泰勒的孤儿逃跑后加入了马戏团，但这并不是一段愉快的经历。他的老板是一个坏蛋，名叫洛德先生。唯一爱他的是一只猴子，但猴子死了。

时隔30年后，报纸上出现了两条新闻：

牙齿健康数据公布，
国会压倒性投票通过糖果禁令

瑞士雪山冰冻三十年的美国夫妇自然解冻，毫发无损

事实证明，这两条新闻之间是有关联的。威洛比一家又将发生怎样的故事？

Photo by Matt McKee

　　洛伊丝·劳里，1937年出生于美国夏威夷，从小喜欢阅读，立志成为一名作家。如今她已出版作品40余部，其中《数星星》和《记忆传授人》分别获得了1989年和1993年的纽伯瑞金奖。除此之外，她的代表作品还有《织梦人》《最后的夏天》《教堂老鼠的大冒险》等。除了纽伯瑞金奖，洛伊丝·劳里还曾荣获国际安徒生奖提名、玛格丽特·爱德华兹青少年文学终身成就奖、美国父母的选择奖金奖、《波士顿环球报》号角图书奖、美国金风筝奖等。洛伊丝现在居住在缅因州。

威洛比夫妇回来了

威洛比夫妇
回来了

[美] 洛伊丝·劳里 ◉ 著

高雪莲 ◉ 译

 北京联合出版公司
Beijing United Publishing Co.,Ltd.

献给杰伊和阿什莉

图书在版编目（CIP）数据

威洛比夫妇回来了 /（美）洛伊丝·劳里著；高雪
莲译 . -- 北京：北京联合出版公司，2025.4. --（威
洛比一家）. -- ISBN 978-7-5596-8272-7

Ⅰ . I712.84

中国国家版本馆 CIP 数据核字第 2025HE3360 号

THE WILLOUGHBYS RETURN
by Lois Lowry
Copyright ©2020 by Lois Lowry
Published by arrangement with Houghton Mifflin Harcourt Publishing Company
through Bardon-Chinese Media Agency
Simplified Chinese translation copyright © 2025 by Beijing Tianlue Books Co.,Ltd.
ALL RIGHTS RESERVED

威洛比夫妇回来了

作　　者：[美]洛伊丝·劳里
译　　者：高雪莲
出 品 人：赵红仕
选题策划：北京天略图书有限公司
责任编辑：徐　鹏
特约编辑：钱凯悦
责任校对：高　英
美术编辑：刘晓红

北京联合出版公司出版
（北京市西城区德外大街 83 号楼 9 层　100088）
北京联合天畅文化传播公司发行
北京盛通印刷股份有限公司印刷　新华书店经销
字数 150 千字　　787 毫米 ×1092 毫米　　1/32　　9 印张
2025 年 4 月第 1 版　　2025 年 4 月第 1 次印刷
ISBN 978-7-5596-8272-7
定价：59.00 元（全 2 册）

目 录

威洛比夫妇回来了

1
两则新闻

六月的一个星期四，《纽约时报》的头版刊登了这样一篇报道：

牙齿健康数据公布，
国会压倒性投票通过糖果禁令

同一天，苏黎世的报纸内页里刊登了这样一则新闻：

瑞士雪山冰冻三十年的美国夫妇自然解冻，毫发无损

后来证明，这两件事是有关联的。这很复杂①。

---

① 请注意，这个开头会让人困惑，但值得留作悬念。后面你们就会知道是怎么回事。

除特别说明外，本书中的所有脚注均为原书注。——编者注

2
雪山融化了

在瑞士的一座山上（一座雪山，一座次要的雪山，不是闻名于世的某座雪山，不是马特洪峰，也不是印在明信片上的那些），一个奇形怪状的冰壳开始轻微地移动，那些闪耀的积雪开始松落。

温暖的晴天持续了数日、数星期，实际上——好几个月。放眼全球，冰川退缩，冰山融化。在这座亘古覆盖着积雪的无足轻重的雪山上，岩石突然显露出来，在消融的雪水里浸泡得平整光亮。到处都有植物生长出来，偶尔还能看见花朵。

然而现在，有个东西在动。

接着，就在刚才那个奇怪的东西旁边，另一个大雪块动了一下。神奇的是，其中一个雪块上露出了一只手。这只手扫开积雪，露出一条完整的胳膊。接着，第二条胳膊也出来了。

第一个雪块坐了起来，被融雪打湿的那两条胳膊开始扫脸上的雪，然后擦去水。那是一张刚解冻的脸，一位男性，眉头紧锁。他四处张望，感知到了附近的第二个雪块，于是伸手戳了它一下。然后又戳了一下、又一下。第二个雪块终于坐了起来，她也皱着眉。这是位女性（尽管那么一大团，很难辨认）。

"我打赌我的头发一定很乱。"第二个雪块抱怨道。

但第一个雪块没有在意。他正在活动他僵硬的手指,把身上的冰块拍掉。最后,他摸了摸右边屁股,从兜里掏出一个被水浸透的钱包。

"我就知道!"他一边抱怨,一边撬开那个湿透的钱包,"我的钱都被毁了!湿透了。几乎成碎片了,全都黏作一团了。"

"是我们的美元吗?"

"不,是他们让我们换的那些愚蠢的瑞士法郎①。质量明显差多了。美元才不会变成这样呢。"

"呃,那能用的钱还够吃饭吗?我饿了。"

"他们当然会收下我们的钱。这儿的人都是恶棍。"

女人(他们是一对夫妻)一边呻吟,一边挣扎着站了起来,接着又跪了下去:"我的包呢?我没看见我的包。"她在湿漉漉的雪地上爬来爬去。"在这儿!"她说,"找到了!可是,呸——湿透了!"

"别管它了。站起来!你这样爬来爬去的,看起来就像只蟑螂。快点,我们去那个村子吃顿快餐,这个被上帝抛弃的地方没有任何像样的食物。然后我们坐第一班火车出去。"男人费力地站直身子,重新把那个湿淋淋的钱包放回兜里。

这对夫妻嘟嘟囔囔地抱怨着,沿着雪山消融的那面踉踉

_____

① 1995年起,欧洲大多数国家都开始使用欧元了,但瑞士没有,他们还是喜欢用瑞士法郎。

跄跄地缓步走下来，经过了点缀着奶牛的坡地牧场，向山脚下的小村庄走去。村里的主街两旁矗立着色彩鲜艳的房子，窗前的花盆里开满了矮牵牛和天竺葵。他们在一家小咖啡馆找了张桌子，胃口大开地吃了一份炖牛肉，各喝了三杯好酒。但结账时，他们立马泄了气。

"非常抱歉，"服务员一言难尽地看着男人给他的那些湿透的烂瑞士法郎，说道，"饿（我）们没法收丝（湿）钱。但——"

"丝？天哪——你连'湿'都不会说吗？"

"抱歉，先生。饿（我）会更努力的。也许，只是有点潮丝（湿）是可以的。但丝（湿）透了就不行了。"

"亲爱的，刷信用卡吧。"女人提议道。

男人长叹一声，从他湿漉漉的钱包里扒下一张白金卡。

"抱歉，先生……"服务员仔细地看着那张卡，"呃，外（威）洛比先生，这张卡很多年前就过期了。"

"是威洛比，你这个白痴！你们这些笨蛋怎么就是不会发'W'的音呢？"

"灰（非）常抱歉，先生。我也希万（望）我会。"服务员一边说，一边翻了个白眼，暗示着他一点也不"希万"这样。

领班礼貌地微笑着走了过来。"有什么问题吗？"他问。接着，他又仔细地瞧了瞧这对脾气暴躁的夫妻："噢，我看你们刚解冻吧，你们还湿着呢。"

"解冻？"威洛比先生咆哮道，"你到底——"

"你们被冻住了，"领班解释，然后瞟了一眼信用卡的日期，"现在你们解冻了。许多登山者都和你们一样。"

"还有很多三（山）羊，"服务员补充道，"气候变卵（暖）了。"

"你说森么？不是，什么？"

"全球变卵（暖），先生。"

威洛比太太叹了口气。"亨利，你就是不信。可现在，你看吧，"她拍了拍自己的脑袋，"我的发型已经彻彻底底地过时了，快点带我回家吧。"

"给我一部电话。"威洛比先生命令道。

"好的。"领班说，他朝服务员点点头，服务员立刻跑步拿来了电话，"你们得给家人打个电话。"

"家人？"亨利·威洛比一脸震惊地说。

他的妻子抱怨道："天哪，我们还有几个糟糕的孩子。亨利，我们有他们的电话吗？我们连他们住在哪儿都不知道。"

丈夫耸耸肩："我忘了。不过不必担心他们。我们请了一个保姆，还记得吗？"

"哦，是的。保姆。"

"总之，他们不重要，"丈夫嘀咕道，"我要给我的银行打个电话。"

领班礼貌地笑着。"您确实应该那样做，"他说，"您欠饿（我）们一百一十二法郎的饭钱。真心希望你们喜欢小刘（牛）肉。需要我再为您添些酒吗？"

3
一小段历史

令人难过的是，保姆几年前去世了。现在，她永远地活在一幅油画里，那幅画挂在——

噢，等一下。这儿有必要插入一小段历史，补上一些细节。

很多年前——确切地说，是三十年前——威洛比夫妇把四个孩子留在家里，自己去度了个长假①。他们不太喜欢这些孩子（老实说，这些孩子也不喜欢他们），于是，分离对于他们来说并不是悲剧。但把孩子独自留在家里是违法的（老大蒂姆才十二岁）。为了让事情顺利进行，威洛比先生发布了一则招聘保姆的广告，然后聘请了一位直爽的女性。她第一天来上班时，穿着一件上了浆的衣服，小背包里装着一条叠好的围裙。

然后，威洛比夫妇没有回来（因为他们愚蠢地穿了短裤和凉鞋去登山）。最后，瑞士政府宣告，这对夫妻被冻在了一座雪山上，一个冰雪覆盖的岩架上，再也弄不下来了（但是在观景台花几个硬币，就能通过望远镜看见他们）。他们住过的房

① 他们报的是"千夫所指旅行社"。多年后，这家公司因为在点评网Yelp上的差评不断，结束了运营。

子被卖掉了，孩子们和保姆得重新考虑生计。幸运的是，保姆非常有魄力。她在附近一个人家（其实是一座公馆）找了份工作，那家男主人是联合糖果公司的创始人及总裁，他靠制造糖果获得了大量的财富。四个孩子，甚至连他们的猫，都和保姆一起过去了。

然后你猜怎么着？亿万富翁梅勒诺夫指挥官爱上了保姆！嗯，为什么不呢？她是一位手艺精湛的厨师、一位好管家、一位直爽的女性、一个恪尽职守的监护人，不仅仅能照顾好孩子们，还能照顾好梅勒诺夫指挥官。她帮他修剪胡子，在他的燕麦粥里撒上肉桂粉。梅勒诺夫指挥官是一个非常有钱、非常寂寞的单身汉。最终他们结了婚，从此过上了幸福的生活。

除了——

天哪，很多年后，保姆去世了。现在，她成了一幅油画，就挂在公馆的墙上。梅勒诺夫指挥官请了一位著名的画家绘制了这幅画像。按照他的要求，画像展现了他所深爱的保姆的样子：一副直爽的表情，手上戴着一双防烫手套。他还特别安装了灯光，让她看起来璀璨夺目。

如今已两鬓斑白的指挥官住在三楼宫殿般的套房里。他把时间都花在了读历史书和作诗上[1]。他所有的诗都是关于保姆的。只要来到一楼，他便站在画像前，凝视着它，开始朗诵回忆她的颂歌集。

---

[1] 到目前为止，他已经创作了七首十四行诗、二十二首三行俳句诗和一首十九行诗。但他最喜欢的是一首略微有些低俗的五行打油诗。

当指挥官开始深情地吟诵"曾经有个女人名叫保姆……"时，他的孙子，十一岁的里奇，有时候会捂着耳朵乞求道："别念那首，爷爷！"

"那不合适，爷爷！"里奇说，因为他知道下一句和保姆的臀部有关，开头是"她有一个无与伦比的……"

"只要是真实的，就没什么不合适的。"指挥官回答，然后继续朗诵。可里奇大声地唱着"啦啦啦"，从走廊跑走，这样就听不见那首诗了。

噢，稍等。我们得介绍一下里奇。当然，威洛比家的孩子都长大了。他们上了大学，找到了工作，离开了这里，过上了不同的生活，除了蒂姆。老大蒂姆一直都是个聪明的男孩。现在他已经四十二岁了，在梅勒诺夫指挥官的照拂下，他接管了糖果公司，继续维持着成功的盈利。他和他的妻子，以及他们的小儿子一起生活在公馆里。里奇就是蒂姆·威洛比的儿子。

4

糖果禁令

"怎么了？"里奇一边问，一边走进宽敞的餐厅，他的父母正在那儿吃早餐，"我听见爷爷在三楼哭号。"

接着，他看了看父亲。他的父亲刚刚把《纽约时报》揉成一团扔在地上，现在正用拳头敲打着红木餐桌。在餐垫的边上，咖啡杯打翻了，一摊黑色的咖啡正在扩散。

桌子的另一头，里奇的母亲摇了摇小银铃，召唤女佣。女佣立刻从一扇隐蔽的门内走了出来。

"请把那个清理一下，免得弄脏地毯。"露丝·威洛比一面对女佣说，一面朝洒出的咖啡点点头。

"那报纸呢，夫人？需要我把它抚平吗？"女佣朝地毯上皱成一团的《纽约时报》示意。但里奇的母亲低语道："不用了，把它扔了吧。"于是女佣擦干净洒出的咖啡，然后拾起揉坏的报纸，拿进厨房，放进了可回收垃圾桶里。（威洛比一家和梅勒诺夫指挥官都非常具有环保意识。）

蒂姆·威洛比订阅了《纽约时报》和《华尔街日报》。可他真的没理由去读欧洲的报纸，比如瑞士的一份报纸，最近刊登了一则简报，报道了在阿尔卑斯山脉上一对解冻的夫妇惊人地重现于世。

太糟糕了。他本该对那篇文章非常感兴趣的，因为刚解冻的那两个美国人正是他的父母。

可他被来自美国国会的大字标题和头版新闻分散了注意力。糖果禁令！怎么可能发生这种事呢？好吧，他清楚地知道这是怎么发生的！是那些牙医！美国牙医协会！他们已经游说了数月要反对糖果。他们在电视上投广告，广告中，孩子们张着嘴展示着又黄又烂的牙齿，同时，一个悲哀的牙医诉说着，如果他们不吃糖，就不会走到这么令人痛心的地步。

最后，所有的参议员和众议员都被说服了。好吧，不是所有的。来自佛蒙特州的一位民主党老参议员投了反对票，这是个嗜好小熊糖的秃顶男人，戴着一副不合适的假牙。还有两个共和党员觉得在众议院的坐席上舔棒棒糖很有喜感，他俩也投了反对票。

但就那么三个人。现如今，糖果禁令已经写进了法律，报纸上说，要立即把糖果从全国的商店里下架，工厂也要关闭，万圣节"不给糖就捣乱"的游戏也应该改写——也许可以换成漫画书？

里奇仍站在门口，这时，他的爷爷穿着一件浴袍从长长的楼梯上下来了。梅勒诺夫指挥官不再哭号，而是一边抽鼻子，一边擦眼睛。然后，他和平时一样转过身去，朝着保姆的画像轻轻鞠了一躬。里奇心中一紧，希望爷爷别再背诵低俗的诗歌了。可梅勒诺夫指挥官只是呢喃道："保姆，保姆，保姆……"

接着，他转过身，轻轻拍了拍里奇的脑袋，走进了餐厅。"你听说了？"他问蒂姆。

"是的。"里奇的父亲低声回答。

"我们破产了，是吗？"

蒂姆·威洛比点点头："破产了。完蛋了。"

在接下来的沉默中，里奇问道："我可以出去玩吗？"

他的父亲盯着他："你准备玩什么？"

里奇想了想："玩我的霏普升创新顶级牛皮篮球。"

"是新的吗？"他父亲问。

"是的，我上星期订的，昨天刚到。我还不确定我喜不喜欢。可能我该买个斯伯丁TF-1000。"

一直以来，里奇都可以随意购买想要的玩具或者小东西。亿万富翁们（和他们的孩子，甚至孙子们）当然可以这样。

他父亲从座位上站起来，走到儿子面前，搂住了他："里奇，我们得削减开支了。"

"啊？"

"你去玩篮球吧。但别再买其他东西了。我们没钱了，我们破产了。"

"破产了？"

"是的，因为牙医们。"

5

隔壁的院子

在经过精心照料（园丁们经常割草，修剪整理各种植物）的公馆院子里，里奇一边心不在焉地拍打着他的新篮球①，一边粗略地想了想牙医的事。可他什么也没想出来，而且他完全没听明白父亲说的"削减开支"是什么意思。他还以为说的是修剪灌木丛呢。

他推开栅栏旁边茂密的杜鹃树丛，朝隔壁院子里瞥了一眼，想看看普尔家的孩子们有没有在那儿玩耍。普尔②这个名字真是太恰如其分了，他们家既没有草坪，也没有灌木丛，更没有好的视野，什么也没有，他们的小房子周围只有一些稀疏的杂草。

不过，隔壁的院子里没有人。里奇叹了口气。他又拍了几下球。公馆内，他的父亲和爷爷正在焦急地和银行、公司总部以及调度员通话，这个调度员监控着遍及全国甚至加拿大的四千辆载满糖果的卡车的位置。所有这成千上万根巧克力棒、棒棒糖和耐

---

① 他不该这样做，顶级篮球只能在室内使用。可里奇没有阅读说明书。
② 普尔（Poore），音同poor（贫穷）。——译者注

嚼焦糖，还有甘草糖！我的天哪！这种名叫"扭舔糖"的细长螺旋状橡胶糖，畅销了几十年，现在全都不合法了。

6

普尔一家

公馆的栅栏外面，那栋小房子正好坐落于公馆投下的阴影里。房子里，普尔太太和她的两个孩子正待在厨房里。

普尔家的孩子从来没吃过扭舔糖。其实，他们什么糖都没吃过，因为他们……唉，很穷。

此时，他们正坐在餐桌前，喝着早餐稀粥①。每天早上他们都吃这个。每天的午饭都是清汤土豆片，偶尔会有一根胡萝卜。晚饭依然是炖菜，有时候菜里会出现一块无法分辨的肉。

"没有烟花，7月4日就不是7月4日了②。"十岁的温妮弗雷德·普尔一边搅着她的稀粥，一边大声说道。

"你说什么呢？"她十二岁的哥哥温斯顿（父母给他们起这样的名字，是想讨一个双赢的彩头③）问，"现在才六月。"

---

①稀粥是一种恶心的粥状物，有点像燕麦粥，但是难吃多了：特别稀薄，里面都是一坨坨的东西。
②7月4日是美国独立日，燃放烟花是传统的庆祝活动之一。——译者注
③温妮弗雷德（Winifred）和温斯顿（Winston）都以"win（赢）"开头。——译者注

"我知道现在几月。我只是在学《小妇人》①里的乔。我已经在图书馆借了十七次《小妇人》。我最喜欢乔。她经常抱怨贫穷的生活。她说，没有礼物，圣诞节就不是圣诞节了。他们没有礼物，因为他们太穷了，和我们一样。他们的父亲也不在家，和我们一样。"

普尔太太从围裙口袋里拿出一张叠好的纸巾，轻轻地擦了擦眼睛："我特别想念你们的父亲。可他工作很忙，他——"

"你听起来好像书里那个妈咪啊，"温妮弗雷德说，"也许以后我都该叫你'妈咪'。"

"请别那样，"普尔太太说，"我还是更喜欢母亲这个称呼。"

"呃，你又变成'妈咪'了。"

"什么意思？"

"呃，就是可怜兮兮地说话，有点楚楚可怜，但也有点让人反感。"

温斯顿抬起头来，模仿了一下呕吐的动作。接着，他问道："父亲在哪儿？我的意思是，他现在在哪儿？我知道我们收到了一张他从俄亥俄州寄来的明信片，可那已经是几个星期前了。"

（他们的父亲本·普尔，已经不在家好长时间了。他是一

———————————

①路易莎·梅·奥尔科特著，1868出版。《小妇人》曾被多次拍成电影。书中的母亲"妈咪"一角，1933年时由斯普林·白灵顿扮演，1949年由玛丽·阿斯特扮演，1994年由苏珊·萨兰登扮演。2019年最新的版本里，扮演妈咪的是劳拉·邓恩。

名百科全书销售员。他保持着一项销售方面的世界纪录，那就是，他一本书也没卖出去过。）

普尔太太叹了口气："你们可怜的父亲在俄亥俄州过得并不顺利。他已经朝西边去了，现在他在——"

"我喜欢俄亥俄州，"温妮弗雷德说，"两头都有一个字母O。"

"他为什么不顺利？"温斯顿问。他站起来，把吃完稀粥的空碗拿到了水槽。

母亲叹了口气："唉，和往常一样，他带着百科全书的样书，挨家挨户地推销，然后——"

温斯顿叹息道："那些愚蠢的百科全书。他曾经想卖一套给我的六年级老师，可她看了一眼就说那书已经老掉牙了。"

"所以才那么便宜。"母亲解释道。

"但是你不能在百科全书中找到，比如说，电脑。因为那些百科全书是在电脑发明之前出版的。"温斯顿指出。

"或者最新的元素。"温妮弗雷德补充道。温妮弗雷德对科学非常感兴趣，"我认为父亲的百科全书，呃，大概从镀①开始往后的元素都没有。后面还有十一个呢。"

普尔太太叹了口气："好吧，那就查一下亚伯拉罕·林肯算了吧。或者蒸汽机。"

"或者花岗岩。"温妮弗雷德说。温妮弗雷德最喜欢的学

———————————

①原子序数107，是以丹麦物理学家尼尔斯·玻尔的名字命名的。它的半衰期约为一分钟。

科是地质学。她收集石头，花岗岩是她最喜欢的。

"所以父亲为什么在俄亥俄州过得不顺利？"温斯顿又问了一遍。

"呃，"母亲解释道，"他打开了一扇院门，准备去敲那家人的门，然后一条狗咬了他，"她顿了顿，继续说道，"不幸的是，他踢了那条狗。"

温妮弗雷德倒吸了一口气："父亲踢了一条狗？"

"嗯，是的，他踢了。我相信那是一条非常凶残的狗。可你们父亲因为虐待动物被抓了。最后他们放他走了，但他必须离开那个小镇。于是他就朝西面去了。"

普尔太太搅了搅茶，然后小心翼翼地把茶包从杯子里提起来，检查了一下。"我想这个茶包至少还能再泡两次。"说完，她把它小心地收了起来，"孩子们，节俭是一种了不起的美德。切记。"

"又成'妈咪'了。"温妮弗雷德嘀咕道。她的哥哥点头称是。

普尔太太权当没听见，转向了女儿。"其他两头都是元音的州你也喜欢吗？"她问，"比如爱达荷州和印第安纳州？还是必须是相同的元音？"

温妮弗雷德想了想。"相同的。"她说。

母亲笑了笑，小啜了一口茶："那样的话，你会喜欢父亲目前的所在地的。他在阿拉斯加。"

"阿拉斯加？"温斯顿问，"为什么去阿拉斯加？"

"他很确定，觉得阿拉斯加的人一定会需要百科全书。在挨家挨户推销的间隙，他可能会去试试勘探黄金。"普尔太太解释道。

"黄金好啊。"温妮弗雷德说，她站起来，也把碗放进了水槽，"公元前6000年左右，人们就发现了黄金。隔壁那个女人，她有一条金手链对吧？有时候她出来叫她儿子的时候，我能看见她的手腕上闪闪发光。"

普尔太太轻叹一声，看了看自己光秃秃的手腕。

"对不起，"温妮弗雷德说，"我不该说这个的。"

"勘探黄金？"温斯顿一脸怀疑地问，"父亲知道怎么勘探黄金吗？"

"他准备在百科全书里查一查。"母亲解释道，"上个礼拜，他给我寄了一张明信片，只说了几句话。他说，风景优美，但他很冷。他希望我能给他织条围巾。"

"那你织了吗？"温妮弗雷德问。

"没有，亲爱的。毛线太贵了。"

温妮弗雷德哭了起来。"可怜的父亲。"她哭泣着说道。

"还有纸巾吗？"片刻之后，她啜泣着说，"我的鼻涕流下来了。"

"只有这一张了，刚刚我打喷嚏用了一次，"母亲一边回答，一边从围裙口袋里掏出那张纸巾，"纸巾太贵了。给你。"

"算了，"温妮弗雷德说，"我用袖子好了。"

7

邮寄石头

就在温妮弗雷德用袖子擦鼻涕时，在阿拉斯加的东南地区，她的父亲本·普尔还在熟睡。那儿比这里晚四个小时。

头一天下午，他去白马镇的邮局给女儿寄了一份礼物。

"怎么样？"邮局的柜员问。

本·普尔叹了口气。"不是很好，"他对柜员说，"我的鞋底都走薄了。我完全没有卖百科全书的运气。而且背着这些样书走来走去，真是太重了。我猜你也不会感兴趣吧？我可以给你一个优惠价……"

柜员不耐烦地叹了口气。"我的意思是，要寄哪一种？特快？次日达？还是普通包裹？"她拿起他放在柜台上那个胡乱包装的包裹，"呀，好重啊，里面是什么，石头吗？"

本·普尔惊愕地说："你是怎么知道的？你会读心术还是怎样？"

"我猜的。"

"呃，"他说，"猜得好。我想把这些阿拉斯加的石头寄给我女儿。她非常热爱——那叫什么来着？对，地质学。她想成为一名地质学家。所以我要给她寄几块石头。"

柜员称了称包裹："嗯，用最便宜的方式寄，也需要三十二美元。而且得过几天才能收到。"

他咧了下嘴，"不着急。可是要三十二美元？我没多少现金了，"他吐露道，"如果不赶快卖掉一套百科全书的话……"他突然话锋一转，"喂！我敢打赌，'M'卷一定有很多关于读心术的内容！要不然——"

"不用了。对不起。"她伸出手来要钱。

他不情愿地从所剩无几的钞票里抽出两张二十美元，递给她。她找了零。

"本来我要去街上那个咖啡馆吃晚饭的，"本·普尔说着，把钱装了回去，"可现在我吃不起了。我猜我只能吃根巧克力棒了。"

柜员说："不，你吃不了了。你没看到新闻吗？"

"什么新闻？"

"巧克力棒现在是违法的了。新颁布的法律。"

"违法？"

"要进监狱的。"

"连银河巧克力棒都买不了了吗？或者雀巢松脆巧克力棒？"

"白领犯罪①。"

"连玛氏的也不行吗？"

"所有糖果都不行。"她说。

---

①指具有体面的社会地位和很高的社会身份的人在其职业活动过程中所实施的犯罪行为。——译者注

"万一有人送了我一盒价值不菲的歌帝梵巧克力呢？"

柜员瞪着他，瞅了瞅他那不修边幅的胡子和沾满咖啡渍的格子衬衫。然后，她瞅了瞅钉在墙上的通缉令，确认了他长得不是很像。可她并没有对歌帝梵巧克力做出评论①，而是召唤排在他后面的人。"下一个！"她叫道。

"上帝啊。好吧。"说着，他便转身离开了邮局，"我将就吃个苹果算了。"

"吃苹果对你的牙齿好！"柜员在他身后喊道。

---

①歌帝梵什锦巧克力金装礼盒，105片，价值150美元。物有所值。

8

六扇窗户

当然，普尔母子并不知道，远方的父亲昨天给他的女儿寄了一个包裹，也不知道威洛比夫妇已经想办法从瑞士回来了，很快就会抵达他们曾经生活过的这个地区。威洛比家的房子是坐落在几个街区外的一栋老式四层小楼，在他们开始不幸的假期之前，这里曾是他们的家。

但没人管它叫威洛比家了，大家都已经忘记了曾经住在那儿的人——一个坏脾气的银行家和他同样坏脾气的妻子，还有他们的四个孩子。蒂姆·威洛比在往返糖果工厂的路上，总是叫司机走另一条路，这样他就不必看见那栋房子，回忆起童年时光了。长大后，他和他的弟弟妹妹们建立了一个基金会，通过支持各种公益事业，纪念他们的父母亨利·威洛比和弗朗西丝·威洛比。但令人悲痛的事实是，他们从来没有真的怀念过这对三十年前抛下他们去度假，然后在一座雪山上被冻成了人肉冰棍的坏脾气夫妻。

那普尔一家呢？他们从来没有听说过威洛比家。普尔家的两个孩子唯一感兴趣的邻居便是他们隔壁，住在公馆里的里奇和他的爸爸妈妈，还有他爷爷。带有数座塔楼、多个阳台，甚至滴水兽①的大房子让温妮弗雷德和温斯顿羡慕得如痴如醉。

温妮弗雷德·普尔数过好几次公馆的窗户，每次数出来都是三十七扇。

"我们只有六扇窗户，"一天下午，她叹息道，"而他们有三十七扇。"

"把它当成一道计算题吧，"哥哥建议道，"三十七减六等于……"

"我没有那么多手指。"

"本来就不该用手指算，"温斯顿说，"要是你没有手指怎么办呢？很多人都没有呢。"

"为什么？"温妮弗雷德问，"他们为什么没有？手指又不用花钱。手指不用买啊。"

"当然不用买。可穷人得在工厂里工作，操作危险的机器。所以他们的手指可能会被切掉。"哥哥笑着抬起一只手，弯起两根手指，这样看起来就好像手指不见了。

温妮弗雷德吓得瑟瑟发抖。她拿起铅笔，在撕下来的一块报纸背面算了起来。"三十一，"她说，"他们比我们多三十一扇窗户，这不公平。"

"这当然不公平，"温斯顿赞同道，"可我们应该——"他停住了，意味深长地看着他的母亲和妹妹，直到她俩说话。

---

①滴水兽，就是用来让水改变流向的，很久之前就有了。在十二世纪，克莱尔沃的圣伯纳德不喜欢他修道院里的滴水兽。"这些肮脏的猴子、奇怪又凶残的狮子和怪物是什么意思？放置这些生物、半人半兽，以及这些花斑老虎到底是什么目的？"他写道。

"顺其自然吧。"这家人常把这句话挂在嘴边。当父亲垂头丧气地回到家,说道:"我一套百科全书也没卖出去,还踩进了一个泥坑里,把我唯一的一双鞋弄毁了。"他们就会说这句话。当晚饭只有用几块不新鲜的胡萝卜和一个绿土豆炖成的稀汤时,他们就会说这句话。而现在,当温妮弗雷德对窗户数量的差距感到闷闷不乐时,他们又说起了这句话。

"顺其自然,那到底是什么意思?"温妮弗雷德问。

"我不知道。"哥哥回答。

普尔太太站在水槽边,用一块破破烂烂的洗碗布擦着麦片碗,微笑道:"亲爱的,它的意思是,有些人,比如我们,住在整洁的小房子里,一分钱掰成两分花,早餐喝稀粥。可我们不怨天尤人,我们不羡慕别人。"

"你又在'妈咪'了,母亲。"温斯顿说。

"对不起。"

"你的意思是不羡慕隔壁的里奇吗?他家有三十七扇窗户,也许早餐吃的是真正的枫糖浆配比利时华夫饼!"温妮弗雷德忧伤地说。

"是的。我们得为里奇感到高兴。"

"噢,母亲,"温妮弗雷德叹息着说道,"你真是个'妈咪'啊。"

* * *

吃完早餐后,温妮弗雷德和温斯顿晃进院子里,朝栅栏对面望去。只见里奇拍了几下篮球，然后把它小心地放在了门廊内。里奇走进屋里，片刻之后带着一辆巨大的玩具车出来了。温斯顿低头瞅了瞅自己手上那辆有缺口的、只有三个轮子的玩具车。那是父亲给他做的。温斯顿非常喜欢他的小车，可现在，他把它放在了地上，朝栅栏走过去，想要看看里奇刚刚放在草坪上的那辆豪华玩具车。

"哇！那是你的吗，里奇？"他叫道。

"是的，这是一辆限量款兰博基尼威尼诺跑车的遥控模型。"里奇回答。

"你过生日了吗？"温妮弗雷德也朝栅栏走了过来，尽管她对车子并不是特别感兴趣。

里奇一脸惊讶。"不是，"他说，"我只是在网上看见了，所以买了一台。"接着他补充道，"以后我不能再那样做了，都因为牙医。"

"牙医做了什么？"温妮弗雷德问。

"我也不知道，某些事情吧。现在我们一无所有了。"

"那是什么意思？"温斯顿问。

"意思就是破产了。"

"怎么破产的？"温斯顿问。

"不知道。"里奇回答。

"好吧，你还有这辆炫酷的车子。"温斯顿提醒他。

"是的，"里奇低头看着它说道，"遥控器在门廊上。它的遥控范围是四十九英尺，可以通过内置扬声器播放马达的声音。它能操控模型全方向运动，使它加速到每小时五点六英里的最快速度。"他弯下腰，查看了一下车子的位置，然后走上门廊，启动了遥控器。车子开过修剪整齐的草坪，然后掉了个头，回到起点，停了下来。"轮毂盖和发动机罩上都有兰博基尼的公牛车标，LED灯光系统和车身喷涂都跟真车一模一样。"里奇一一列举。

他让这辆车又跑了一圈，然后走下门廊，抬起车子，回到了公馆内。

普尔兄妹从栅栏边转身离去，在他们荒草丛生的院子里，肩并肩坐了下来。温斯顿拿起他的小玩具车，在杂草中移动着它，小心地避开了一队正整齐地朝着蚁丘移动的蚂蚁。

"如果我们有电脑的话，我们也可以买东西。"温斯顿抱怨道。

"如果我们有钱的话，我们就能有电脑了。"温妮弗雷德回答。

"如果父亲有一份正经工作的话，我们就有钱了。"温斯顿说。

他们为批评父亲而感到一丝愧疚，于是沉默了好一阵子。父亲是个好人，没人想要过时的百科全书并不是他的错。

终于，温妮弗雷德说道："如果我们有工作的话，我们就有钱了。"

"可谁会雇用我们呢？谁需要我们？我们没什么用。"温斯顿用小树枝戳着蚂蚁，强迫它们重新规划线路。

温妮弗雷德想了想。接着，她朝栅栏对面的那座公馆点了点头。"我想也许他需要我们。"她说。

"谁？"

"里奇。他很孤独。"

9

这栋房子

就在那个时候，亨利·威洛比和弗朗西丝·威洛比已经到附近了，就在距离普尔家和隔壁公馆几个路口的地方。

这对坏脾气且衣着古怪的夫妻（他们离开瑞士时，美国大使馆①给了他们一些衣服，但不合身，而且基本都是棕色的）站在马路边，对着每一个愿意聆听的人一通抱怨。

附近没有几个人愿意听，但威洛比先生和一个推婴儿车的年轻女性搭上了话，然后开始描述他们的情况，直到婴儿车里那个刚会走路的孩子因为奶嘴掉了而痛哭起来。威洛比先生并不喜欢小孩，尤其是哭哭啼啼的小孩，于是他转身走开了，那个女人急匆匆地走了。

接下来，他又叫停了一辆行驶中的送货卡车。卡车放慢了速度，司机降下窗户，喊道："干什么？"

"这栋房子！"威洛比先生指了指那栋瘦高的房子，他的妻子正站在台阶脚下，"以前这是我的房子！"

---

① 美国大使馆位于瑞士伯尔尼，苏根奈克斯特拉斯路19号。如果有本国公民护照丢了，或者意外解冻了，就去那儿重新办理。

"很好。"卡车司机说。他开始加速。

"可住在里面的人说他们从来没听说过我！"威洛比先生咆哮道。

"先生，我也从来没听说过你。"卡车司机说。他升起了窗户。

"我的名字叫亨利·威洛比——"

卡车排出一小股白烟，往前走了，消失在了拐角处。

"还有我！"他的妻子气急败坏地说道，"那我呢？"

一只松鼠蹲在路边一棵树的树干上，歪着脑袋，呆呆地看着这对愤怒的夫妻。然后，和卡车司机一样，它也走了。

"再按一次门铃，"威洛比先生命令道，"这真是忍无可忍。"他的妻子把沉重的挎包①从右手换到左手，登上台阶，按下门铃。毫无反应。

她接着按了一次又一次，直到那扇红色的门猛然打开了，门内出现了一个身材魁梧的男人。

"我说过了！别来烦我们了！我们正在看球赛。"

威洛比先生开始用上他银行家的语调，一种表面上平静且洋溢着礼貌，但实际上刻薄且略带敌意的声音说："请允许我做个自我介绍。我叫亨利·威洛比。您呢，先生，您的名字是……？"

那个人已经把门关上了一半，但有些犹豫，因为怀有敌意

---

① 是最后她从湿雪堆里找到的，但包已经全湿透了。几天过去了，皮革依然沉重而潮湿，还开始散发霉味儿了。

且洋溢着礼貌的声音会令人有些不安。"奥利里，"停顿片刻之后，他说，"我叫奥利里。"

"非常高兴认识你，奥利里先生。你说这栋房子是你很多年前买的？顺便说一句，真是栋舒适的房子。"

"十二年前，我从一个名叫罗森鲍姆的家伙手里买的。我们搬进来时，我的孩子还小。现在他们都到青春期了。家里有三个青春期孩子，知道那是什么感觉吗，威洛比？"

"很遗憾我不知道。这些孩子都是，呃，你的吗？"

"你说什么？"

"我的意思是，呃，你买下这栋房子的时候，有没有连带得到几个孩子？"

门口那个男人瞪着他："我们搬进来时，这栋房子里没有孩子。再过四年，这里就又没有孩子了，不过谁在乎呢，对吧？等那个留了两级的家伙毕业了，这儿就空了。"

"别说了，爸。"一个高个儿少年突然出现在奥利里先生的旁边，"洋基队现在领先了，三比二。你错过了很多精彩画面。"这个少年看了一眼那对奇怪的夫妻：一个女人站在门铃边皱着眉头，一个男人站在台阶下方，脸色通红，一脸狐疑。

"你的名字不会碰巧是蒂姆吧？"威洛比先生问那个男孩。（当然，蒂姆·威洛比就是他抛弃的那个大儿子。）

"不，我叫布莱恩。"

"那巴纳比呢？"女人一边问，一边凑过去观察着他的脸，"不，你长得不像巴纳比。"（威洛比家还有两个孩子是双胞胎，名字都叫巴纳比^①。）

"爸，他们是什么人？"男孩问父亲。

"我也不知道。他们姓威洛比，我猜他们以前住在这儿。"奥利里先生转向威洛比夫妇说道："祝你们好运。我要回去看比赛了。"他伸手关门。

他儿子拦住了他："过几个路口那边有个家伙姓威洛比，住在那座公馆里。你知道的吧，爸？那个老家伙退休时，所有的报纸上都刊登了这则新闻，因为他是一个亿万富翁。"

奥利里先生皱起眉："他不叫威洛比，他有一个奇怪的外国名字。"

"不，是要接管公司的那个人。他现在就住在那儿。我是送报纸的时候看到的。"

"你是说你还愿意工作的时候？你不觉得打暑假工有失身份的时候？"他父亲问。

"一座公馆！公馆里面住着一个叫威洛比的人！我们得马上到那儿去，亨利，"威洛比太太对丈夫说，"快走。"

布莱恩·奥利里给他们指明了方向，告诉他们在哪个街区的尽头，还描述了应该在哪里转弯。

"远吗？"威洛比太太退至人行道，来到丈夫身边时问道，"我的脚很痛。"

"打辆优步吧。"奥利里先生提议道。他把儿子推进去，

_____

①这种情况很罕见，但也不是完全没有。著名的拳击手乔治·福尔曼有五个儿子，他们都叫乔治。

转过身，关上了门。

"什么是优步？"威洛比太太问丈夫。

"不知道，"他说，"大概是某种德语粗话吧。"

他俩互相抱怨着，开始走路。

10
B&B

　　解冻的威洛比夫妇朝公馆缓慢前进，因为威洛比太太夸张的高跟鞋非常不合脚，同时，还因为威洛比先生坚持要把路边停放的每一辆车仔细研究一番。没有一辆车是他认识的汽车的样子。"特斯拉①？"他大声说，"特斯拉到底是什么啊？"

　　与此同时，普尔兄妹正在他们小房子的厨房里和母亲争执不休。"你们到底什么意思，要去应聘工作？我亲爱的孩子们不该出去工作啊。"母亲说着，拿起围裙的一角，擦去了一滴眼泪。

　　"可我们需要食物啊，母亲。"温斯顿说。

　　"还需要新衣服。"温妮弗雷德比画着她的衣服，已经太小了。

　　"还有电脑。"温斯顿嘀咕道。他之所以小声嘀咕，是因为他知道母亲不会同意这种特殊的需求。幸运的是，她没有听见。她去杂物间拿出扫把，扫把已经非常糟糕了，只剩寥寥无

---

① 尽管他们不知道特斯拉是什么，但你是知道的。这是一个电动汽车品牌，第一辆问世于2008年。

几的几根草鬃。尽管如此，她仍然拿着它扫起了厨房。

"你们说得很对，我们确实需要钱。我已经想到了一个主意。"她弯下腰，试图把一块破裂脱线的油地毡抹平，"我想这个主意可以满足我们的需要，直到你们的父亲带着他的财富归来。"

"母亲，你的主意是什么？"温妮弗雷德问。

"我们来做'B&B①'。"母亲宣布。

"做什么？"普尔兄妹惊讶地同时说道。

"B&B。"母亲把扫把靠在炉灶旁，说道，"我们需要简单装饰一下。温斯顿，你赶快去一趟储藏室。当然了，那儿全是你父亲的百科全书。但你也能找到一桶剩下的蓝色涂料。你拿它去把百叶窗刷一刷。"

"然后把我的旧草帽挂到前门上去。门上挂帽子是一件非常'B&B'的事情②。"

"可是，母亲，"温妮弗雷德说，"你真的知道'B&B'是什么意思吧？是床和早餐。"

"当然了，亲爱的。客人们可以睡我的床，我和你们挤一挤，可以吗？我们蜷缩在一起会非常舒服的。夜里我们可以互相讲故事。"

温妮弗雷德畏缩了一下："母亲，你又'妈咪'了。那早餐怎么办呢？"

---

① 家庭旅馆，主要提供床和早餐。——译者注
② 泰迪熊、干花，还有复古的婴儿衣服都经常出现在B&B的装饰里。可普尔家没有这些东西。

"怎么办？挪一下脚，亲爱的。你踩在老鼠屎上了。"

"呃，我们的早餐一直都只是，呃，你知道的……稀粥。"温妮弗雷德挪了挪，以便母亲可以用抹布把那块已经硬化的东西抠下来。

"温斯顿，找个能刮的东西给我。这个东西总是那么难擦。我以为夏天它变热了就会软一些呢。"母亲接过儿子递给她的厨房小刀，开始撬硬块的边缘，"早餐啊？我们会有办法把稀粥粉饰得漂亮一点的。也许加点葡萄干？"

那个漆黑的硬块松开了，散成一片。普尔太太站起来，对自己的努力很满意。"搞定了，"她说，"我会把它们打扫干净的。"

11
搭车之旅

在很远很远的地方，人烟稀少的加拿大西部，一辆货运卡车停在了路边。本·普尔从副驾爬下车，然后把他沉重的背包拽下来。他庆幸自己把那包石头寄走了，至少不用再背着那个了。他只留了两块，这两块石头躺在他背包的底部，他时不时地朝它们瞥一眼，提醒自己，他的孩子（尤其是温妮弗雷德）收到礼物会多么高兴。

他眺望着附近参差不齐的山峰，很美，可他并没有在欣赏，因为他已经看了好几个星期的山峰了，它们都很美，可他已经看腻了。他发现，山峰的上面，乌云正在形成。

"抱歉，我不能带你继续走了，"司机说，"希望你能在下雨之前搭到别的车。"

"你确定你不想买一套百科全书吗？最后的机会哦，大减价。"

"别再问我了，先生。我已经说过'不'了。"

"对不起。话说，这是什么地方？"

"史密瑟斯郊外。"司机说。

"史密瑟斯有学校吗？"他问。学校老师好像总是对百科全书感兴趣。虽然没有一个老师买过，但他们总会饶有兴趣地看他的样书。

"我不知道。我猜肯定有吧。"司机说。

"距离西雅图还有多远？"

"大概八百英里吧。"司机踩下了油门，"你叫什么名字来着？"

"普尔。本·普尔。"

"祝你好运，普尔先生。"司机"砰"地关上门，在一团尾气中绝尘而去。

本·普尔赶走了一只蚊子，然后奋力地把沉重的背包扛上肩头，走了起来。他从安克雷奇出发，一直搭车，度过了四天，现在已经非常疲惫了。

简而言之，他一边艰难地跋涉，一边琢磨如何能减轻负担。也许可以扔掉几本样书？可是（他是个乐观的人），他还有可能做一笔大买卖呢！也许他应该扔掉最后那两块颜色奇怪的石头，自从他在阿拉斯加的矿溪①把它们捞上来，就背到了现在。他叹了口气。他把大部分石头都寄走了，只有最后这两块压在包底，要把所有的书都拿出来才能找到。真麻烦。好在它们挺漂亮的，有亮闪闪的条纹，也许会带给他好运。或者至少保佑他在下雨之前，能搭上另一辆车。

---

①地理小课堂：矿溪是一条十英里长的小溪，它发源于矿溪冰川，流经楚加奇山，流入阿拉斯加西南部的一条狭长的山谷中。

12
三十年后

根据别人指给他们的方向，威洛比夫妇很快就要到梅勒诺夫公馆了，他们得知，这儿住着一个姓威洛比的人。可当他们经过一个外围有长椅的小公园时，威洛比太太乞求丈夫让她坐一会儿。

"我浑身是汗，"她说，"头发也一团糟。你看！我脚上都起水疱了！"她狠狠脱下一只过小的高跟鞋，把脚上红肿的位置展示给他看。他反感地看了一眼。

"你的脚从来就没好看过。"他说。

"我是橡皮，你是胶水，你说的话都会反弹回去，粘在你自己身上。"妻子念叨。

亨利·威洛比没有回答。他能回答什么呢？那句话无法回答。他没理会妻子，捡起别人落在长椅上的一张报纸。他们身后，有几个少年在草地上踢足球。一次失误的回球把球踢出了场地，落在威洛比夫妇的长椅附近，一名球员追了过来。

"对不起，先生。"男孩说着，弯腰去捡球。

"没关系，"威洛比先生用庄严的银行家语气说，"比赛精彩吗？不会像阿根廷那样搞砸吧①？"他放声大笑，试图让自己听起来活力四射，富有男子气概。

"什么？"那个男孩一脸迷茫。

"一比零，对吧？西德一记点球制胜！"

"西德是什么？"男孩迷惑不解地问。"我可以谷歌一下。"他补充道。接着，他将球投给队友，然后小跑回场地。

亨利·威洛比向后靠在椅背上，沉下了肩膀。"谷歌一下？我不知道别人在说什么。"他抱怨道。片刻之后，他看了看手上的报纸："这字也太小了。要是我没有在那座可恶的雪山上把眼镜弄丢就好了！"他凑近报纸，眯起眼，读了起来。

"我的天哪，"他突然叫道，然后转向妻子，她还在揉她肿胀的脚，"弗朗西丝？"

"什么？"她不客气地说，她还在因为他刚才对她脚的评价生气呢。实际上，她觉得自己的脚很好看，如果不看那个水疱的话。

"看这个！"他指着报纸说，"我们有大麻烦了。"

"什么麻烦？除了我的脚之外。要是能贴个创可贴，换双好点的鞋，我的脚就没事了。"

"不是说你的蠢脚。是说我们，我们俩。我们穿越了。"

"你在说什么啊？我的脚一点也不蠢。"

"我们去度假了，还记得吗？报的千夫所指旅行团。"

---

①1990年世界杯，西德以1:0战胜了阿根廷。此后不久，德国重新统一为一个国家，西德不复存在。

"我当然记得。乘直升机飞过了那座火山，乘皮划艇划过鳄鱼河，然后那个——"

他打断了她："我们当时多大？"

"天哪，我算数不好。我们有几个孩子。老大——他叫什么来着？"

"蒂姆。"

"对，蒂姆。愚蠢的名字。真无法想象我们选了这么个名字。总之，我们走的时候他十二岁。我二十四岁生的他，那就是说我……快帮我一下。你是银行家，你应该很擅长算数。"

"那就是说，我们去度假时，你三十六岁，我三十七。"

"好吧，那又怎么样？"

"快看看我们。"

弗朗西丝·威洛比习惯听丈夫的话，于是注视着他。

"我看起来多大年纪？"他正襟危坐，昂首挺胸，收紧腹部问道。

她耸耸肩："三十七吧，我猜。我呢？"

"你有点腰肥臀大，"他说，"像一只河马。不过你看起来也是三十六岁。"

"那说明什么？"她试着把脚塞回鞋里，"我们为什么有大麻烦了？"

"你还不明白吗？"他高声抱怨道，"你看报纸上的日期！现在是三十年后！我们被冰冻了三十年！"

威洛比太太一脸迷茫："什么？"

"我们应该六十多岁了！快七十了！"

他的妻子想了想，然后突然笑了："所以说，我以前认识的那些女人，比如玛格丽特·辛普森，还记得她吗？我和她玩过桥牌，她耍赖来着。还有街对面那个埃莱娜·科恩，特别八卦的那个？还有家长教师联谊会那些可怕的母亲？全部这些人，现在都将近七十岁了吗？"

"是的。"她丈夫说。

"但我没有？我的意思是，我们没有？"

"没错。"

她朝后一靠，开怀大笑起来。

"别那么幸灾乐祸。"她丈夫说。

"为什么不呢？她们都需要去做脸部拉皮了，但我不用。哈哈哈！"

"弗朗西丝，有个问题。我们的孩子。"

"孩子吗？蒂姆和……其他人。我忘记他们的名字了。"

"双胞胎。"

"嗯，对，巴纳比A和巴纳比B。他们长那么像真是太讨厌了，我从来没分清过他俩。噢，还有……现在我想起来了。我们不是还有个女儿吗？总是哭哭啼啼的。"

威洛比先生的表情变得柔和起来。"简，"他叹了口气，"我喜欢简①。"

"你就是喜欢哭哭啼啼的人。话说回来，孩子算什么问题

---

① 简长大后成为了一位研究女性主义的教授，居住在旧金山。双胞胎住在中西部地区，他们把名字改成了比尔和乔。当然还有蒂姆，他——我们知道他在哪儿。他就在那座公馆里。蒂姆就是里奇的父亲，记得吗？

啊，除了我们又不得不再次成为父母，毫无乐趣可言之外？"

"问题就是，他们不再是孩子了，"她丈夫说，"他们已经到了我们这个年纪，或者更大一些。"

"哦，"弗朗西丝·威洛比回答，"我的天哪，好奇怪啊。但我们不用照顾他们了。至少这一点让我很高兴。"

"恐怕他们得照顾我们了，"威洛比先生咬紧牙关说道，"他们继承了我们的钱财。"

一阵长长的沉默。接着，威洛比太太龇牙咧嘴地挣扎着站了起来。"好吧，"她说，"那我们就找到他们吧。因为我需要一双新鞋。"

13

父亲节贺卡

威洛比夫妇继续朝梅勒诺夫公馆走去。亨利·威洛比一边抱怨遗失了眼镜，一边眯着眼朝街上的各个标志望去，想看看下条街叫什么名字。

他的妻子在旁边来回调换着重心，试图减少起水疱那只脚的压力。

"快到了吗？"她不停地问，"我饿了。"这让她丈夫想起了曾经偶尔带着孩子们开车旅行的情景，妻子坐在副驾上，四个娃娃在后座上吵闹，一遍又一遍地问同一个问题。

"娃娃。"他沉思着，想着他的子女。要是他的四个孩子还在就好了！他会对他们好一些的，他心想。他不会像过去那样削减他们的零花钱了。他会兴高采烈地给他们读睡前故事。也许偶尔还会带他们去动物园。他记得他们一直都很想去动物园，但他一直都说不行。

他突然想起了什么。"报纸上是什么日期？"他问妻子。

她苦笑一声。"是三十年后，"她说，"是我们去阿尔卑斯山过那个荒谬假期的三十年后。"

"不，不是说年份，我是说日期。"

"星期四，6月17日。"威洛比太太说。

"父亲节是几号①？还记得父亲节吗？"

"亨利，我们从来没过过父亲节啊。你总说那是贺卡制造商发明的愚蠢节日。有一次，孩子们用蜡笔和彩铅画了卡片给你，你说他们是在浪费昂贵的纸张，应该把卡片揉成一团扔掉。我记得那个女孩哭了。"

"简。"他轻声说。

"真是个爱哭的孩子。"

"我喜欢简。"威洛比先生说着，揉了揉眼睛，因为他的眼睛已经噙满了泪水，"父亲节是哪天？"

威洛比太太叹了口气。"是六月的第三个星期天，"她说，"真蠢。"

"刚才那个街角背面是不是有家书店？"他问。

"是的，可我们不喜欢书啊，亨利。还记得吗？孩子们总想让我们读睡前故事给他们听，但我们拒绝了。你说他们应该读点实用的信息，于是给他们订了一份《华尔街日报》。"

"我们去那边吧，"他说，"去那个书店吧，他们那里肯定会有贺卡的。我想看看父亲节的贺卡。还没到第三个星期天呢。"

"亨利，"他妻子说，"你弄反了。是孩子们送贺卡给他们的父亲，不是倒过来的。"

---

①1966年，林登·约翰逊总统宣布，六月的第三个星期天为纪念父亲的日子。1972年，理查德·尼克松把父亲节签署进了法律里，从此父亲节成为了一个永久的国定假日。

可他已经转过身，朝路过的那个小店走回去了。

"再说了，"威洛比太太一边痛苦地一瘸一拐追赶上去，一边继续说道，"你刚才还说他们已经不是孩子了，他们都长大了，你为什么还要——？"

他做了个手势叫她闭嘴。他已经走到那个小书店的门口了，书店的橱窗里展示着关于父亲的书①，还有一个招牌写着"父亲节：下个礼拜天！"。

他的妻子跟着他走进了书店。

"需要我帮您挑选点什么吗？"一位年轻的导购小姐询问道。

可亨利·威洛比没有理她，因为书店前面的几个货架上很清晰地标注着"父亲节贺卡"。他走了过去。

"不要有小狗小猫的，"他嘀咕道，"花……也行吧。"他开始一张张浏览。那位导购小姐则一直待在附近。他终于转向她，说道："我需要一张不是给父亲的，而是由父亲给出的贺卡。"

威洛比太太朝前倾去。"我们即将和失散多年的孩子团聚。"她吐露道。

"我的天哪，"店员说，"那不是很美好吗？所以你们需要一张反过来的卡片。让我想想。我们还有可爱的空白卡片，那种应该能行，你们可以写上自己的话。或者来一张说'谢

---

① 伊万·屠格涅夫的《父与子》、G. K. 切斯特顿的《布朗神父探案集》、默瑟·梅尔的《我和我的父亲》。

谢'的卡片？"

"我们要谢他们什么呢？等我们？没有花光我们的钱？"威洛比太太问道，"希望如此！"

"你们有说'抱歉'的那种吗？"威洛比先生问店员。他仍为简感到难过。

"我看看。"店员回答。

"另外，你们有没有什么可以吃的东西？我太饿了，"威洛比太太说，"有没有糖？"

店员震惊了。她立刻站直身子，将手指压在嘴唇上。"嘘，"她说，"别那么大声。"

"不允许饿吗？"

"不，"店员说，"我的意思是小点声，你刚才说的最后一个字。"

"就这个吧，"威洛比先生说着，递给她一张贺卡，上面有一匹马，"这张可以。你在说什么呢？我妻子说的是糖而已。"

"嘘，"店员低语道，"你知道的，那个是违法的。我要是你就不会说那么大声。"

"糖？说糖这个字是违法的？"

店员听到那个字，又龇牙咧嘴了一番，然后朝收银机那儿的柜台歪了歪头："以前我们都把它放在那儿的。人们逛街的时候很容易饿，那东西很容易冲动消费。我们卖了数不清的奶球和麦丽素。可现在，我们正在努力寻找能填充那个空间的商品。也许是葡萄吧。或者牛肉干？"

威洛比太太呻吟一声，拧起手来。"奶球是违法的？噢，亨利！"她说，"我们真应该待在瑞士！"

　　"嘘，"店员紧张地低语道，"请别让任何人听到你说'噢，亨利！①'"

---

① "噢，亨利！"是一种很流行的巧克力棒，花生味的。有一阵子流行到了这种地步：每当美国职业棒球大联盟球员亨利·罗德里格斯打出全垒打时，他的粉丝就会把"噢，亨利！"巧克力棒扔到球场上。

14
B&B海报

与此同时，几个路口外，那栋小房子的百叶窗新刷过蓝色油漆，现在闪闪发亮。房子里面，普尔太太正在用女儿的蜡笔画着招牌。"B&B。"上面说。尽管她不太擅长，但她仍然试了几种不同的设计。有一个字母写到一半时，蜡笔断了，留下了一块斑，纸也撕开了一个口。她在写坏了的地方画了朵花来掩盖。接着她增添了些细节，希望能吸引游客。

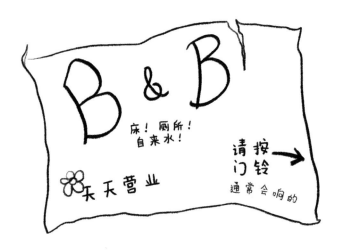

她把招牌贴在前边走道尽头的栅栏柱上，然后坐下来等客人。一个半小时过去了，无人问津，于是她回去取下招牌，拿回家，添加了一些她认为可能会有用的信息。

"好了。"她非常满意地说。然后再次把招牌张贴在栅栏柱上。

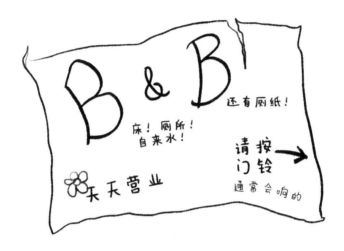

她再次回到屋内。这一次，她给自己泡了一杯茶，但因为用了一个新茶包而有些内疚。接着，她在窗边坐了下来，开始等待顾客上门。

15

普尔兄妹的工作

普尔太太一边小啜着茶，一边等待旅行者上门求宿，但她的两个孩子没有在家和她一起等。温斯顿和温妮弗雷德决定去隔壁梅勒诺夫公馆谋求一份工作。

他们有点紧张，尽管他们和里奇隔着栅栏讲过话，也曾鼓起勇气去他家院子里玩过几次，但还从来没有进去过他那奢华的家里。

"我们应该敲门还是按门铃？"温斯顿问妹妹。他们俩站在公馆门口。那扇雕花大门上有一个亮闪闪的铜门环，但也有一个门铃。

"敲门吧。"温妮弗雷德考虑片刻后说。

"不，还是你来吧。"温斯顿说。

温妮弗雷德咽了咽口水，接着伸出手，握住门环，轻轻敲了一下。

"用力一点。"温斯顿指导着。于是妹妹深深吸了一口气，然后非常响亮地敲了两下。

他们正准备转头回家时，那扇沉重的门打开了。他们抬起头，看见一个高个子男人，面带愉悦和好奇的表情。他身后有一条宽广的走廊，走廊内光线昏暗，有几个聚光灯照在一幅巨大的金框画像上。他们看见里奇就站在暗处。

"嗨，里奇。"温斯顿叫道。

里奇摆动了一下手指，仿佛有些害羞。

"嗨，里奇。"温妮弗雷德也跟着说道，里奇再次动了动手指。

"看起来你们认识我儿子，"男人说，"里奇，过来介绍一下你的朋友吧。"

里奇走过来，站在父亲身边，却低头看着地面。"我不知道他们的名字。"他坦白道。

"好吧。那我们要不要补救一下呢？"男人看着站在门口的两个孩子说道，"你们能做个自我介绍吗？"

温妮弗雷德有些畏怯。因为他们学过"介绍别人"的一课，可现在她不记得是应该说"很高兴介绍……给你认识"，还是"介绍……给你认识是我的荣幸"，也许两句话她都不应该说，因为她的脸红了，声音也完全消失了。她用胳膊肘推了推哥哥。

"我们是隔壁普尔家的孩子。"温斯顿礼貌地说。

"隔壁的？穷人家的孩子？"里奇的父亲扫了一眼草坪对面的栅栏，栅栏这边是他的豪宅，那边是他们的小房子。

"呃，是的，我们很穷，可'穷'是首字母小写的形容词。我们的姓是首字母大写的普尔。你知道的，有时候是有这样的事，恰好人如其名，比如你儿子的名字意思是'有钱（Rich）'——"

温妮弗雷德又用胳膊肘推了推他，于是他闭上了嘴。

男人苦笑道："唉，结果是，一切都可以瞬间改变啊。"

"爸，"里奇紧张地说，"他们是我的朋友。"

男人叹了口气："很高兴认识你们，普尔兄妹。我以前认识一个女人，她姓'威弗（Weaver）'，你们猜怎么着？她是一个——"

"一个织工！"温妮弗雷德激动地说，已经忘了刚才自己多么脸红害羞了。

"实际上，不是的，"男人说，"她是个陶工。可她也可以做织工，不是吗？"

他儿子急切地上前一步："或者万一你的名字是瑞德（Rider），而且你真的是一名骑手？就是自行车比赛冠军那种？我有一辆自行车！它有禧玛诺的尤特佳6800型二十二速变速器，并且全部装备了威帝乐XRP专业轮组！"

父亲搂住他的肩膀说道："嘘。"然后转向普尔兄妹解释道："里奇太过激动了。"

"而且很伤心！"里奇打断了他，肩膀往下一沉，"有时候我太过伤心，爸！因为没有人可以跟我一起骑车。"他叹了口气，然后低沉地说道，"它还有风切气动叶片辐条和精密的轴承。"

温斯顿深吸了一口气："先生，事实上，那就是我和妹妹过来的原因。就像我说的，我们很穷，然后——"

温妮弗雷德接过了话茬："然后我们的父亲在阿拉斯加，他在卖百科全书——至少我们希望他还在卖，因为我们需要钱——他也有可能在闲暇时间找找金子。可我们不知道他什么时候回来，因为他有忧郁的毛病，而且——还有什么来着，温斯顿？"

"偶尔还会醉酒。"温斯顿低语道。

"嗯，对。但他非常善良，我们非常想念他。"她顿了顿，"对不起。我有点'妈咪'了。"她嘀咕道。

里奇的父亲看起来很不解。"你们想说什么？我们已经买过童子军小女孩的饼干了，但钱越来越紧张，不过我们还是可以再买一两盒。"

"不是的，先生，"温斯顿说，"我们在找工作。"

"就像保姆，"温妮弗雷德解释道，"当然了，里奇不是婴儿。但是我们可以，比如，做里奇的小伙伴，能行吗？"

"因为他很孤独。"温斯顿补充道。

里奇的父亲看起来很震惊。他低头看着儿子。"是真的吗，里奇？"他问，"你孤独吗？去年生日我们还送了你一个——叫什么来着？"

"国际研究机器人，"里奇回答，"它有一个轻量级的、精密加工的铝复合框架和注射成型的塑料外壳，提供强大的外骨骼。"

"它能提供陪伴服务吗？"他父亲问。

"呃，"里奇说，"它表面安装的触觉传感器会对触摸做出反应，比如轻拍头部。它四肢的关节非常精确，可以用手拿起并握住物体。"他叹了口气，继续说道，"但是不行，爸爸，它不是一个非常好的伙伴。"

里奇低着头站在父亲身边，然后低声说道："是的，我很孤独。"

男人轻轻地摸了摸儿子的头。接着，他朝普尔兄妹看去。"你们赶快进来吧！"他说，"我们也许能解决一些问题，不过你们如果想要高薪的话，我恐怕——"

他的目光飘忽至远方，声音随之渐隐。接着，他推开门，让他们走进挑高的豪华走廊。他和蔼地引导着他们，可他的注意力依然在门外的某处。普尔兄妹和里奇一起在铺着地毯的长旋转楼梯旁等待着。他们听见里奇的父亲在门口和某个人说话："有什么我可以帮你们的吗？你们迷路了吗？"但是很明显，答案是没有。他耸耸肩，关上门，把注意力转回到孩子们身上。

他带着他们经过楼梯，来到了宽敞的大厅内。在一幅打着聚光灯的画像前，他停了下来。"这是我的养母，"他喃喃道，示意画像上那位戴着防烫手套、脸色严峻的女士。"保姆。"他恭敬地说。

"我十二岁时失去了亲生父母，"他向普尔兄妹解释道，"保姆和梅勒诺夫指挥官收养了我。"

"失去？"温妮弗雷德问，"你的意思是你忘记把他们放在哪儿了吗？"

"不不，"他说，"是因为在阿尔卑斯山发生的一场沉痛的意外。"

他再次恭敬地对着油画里的脸点点头，然后转过身，领着孩子们朝客厅走去。

里奇低声对普尔兄妹解释道："他们不顾指导说明，穿着短裤和拖鞋去爬山。虽然带了登山器材，但是用错了，他们把冰爪戴在头上，后来就被冻成了冰棍。之前我爸带我去看过他们一次，用望远镜看的。我们得排队。后来我们去喝了热可可。"

他转向父亲说道："爸爸，没错吧？还记得吗，我们喝了热可可？"

"什么？"里奇的父亲打开了客厅门。"对不起，儿子，"他说，"我没听见。我关门之前看见一对打扮怪异的夫妻在朝隔壁那栋小房子走去，所以分心了。"他转向温妮弗雷德和温斯顿，说道："那儿就是你们家吧？"

"是的，"温妮弗雷德回答，"房子很小，但我哥哥刚刚给百叶窗刷过漆。"

"看得出来。亮蓝色的！好吧，他们要去你们家。那个女人一瘸一拐的，而且两个人都穿着难看的棕色衣服。那个男人看起来正在生气。你们认识他们吗？你们在等客人吗？"

温斯顿和温妮弗雷德一起摇摇头。

"他们看起来好眼熟啊，好像我以前认识他们。"

温斯顿和温妮弗雷德再次摇摇头。

"好吧，不管了。和我没关系！"他和儿子走进那个别致的房间，并示意温斯顿和温妮弗雷德跟上来。普尔兄妹惊叹地环顾着墙上的巨幅油画、厚重的天鹅绒帷幔、闪闪发光的三角钢琴和颜色柔和的波斯地毯。

里奇的父亲朝一幅画示意道："这是霍尔拜因①的早期作品，我要把它卖掉了。"一瞬间他看起来有些不知所措。接着他说："噢！真是对不起！我没法不去想那对奇怪的夫妻。我还没做正式的自我介绍呢！我猜你们已经知道了，我是里奇的父亲。我叫蒂姆·威洛比。我和我的弟弟妹妹被收养后，决定保留原来的名字，因为那是父母留给我们唯一的东西了，而且也是我们银行账户上的名字。"他抬起手，普尔兄妹分别郑重地和他握了握手。

"双赢。"普尔兄妹喃喃了一句，作为进一步的自我介绍。因为他们觉得，也许可以用这种奇怪的方式描述目前的情况。

---

①小汉斯·霍尔拜因是16世纪的德国画家。他之所以被称为"小"——有惊喜哦！——是因为还有一个大汉斯·霍尔拜因。

16
威洛比夫妇入住

"我真应该好好找找眼镜！肯定就在雪堆里！"威洛比先生愤怒地说。他身体前倾，眯着眼睛朝柱子上的牌子望去："你能来看看吗，弗朗西丝？顺便说一句，你那样站着，好像一只火烈鸟啊①。"

为了缓解疼痛，他的妻子抬着长水疱的那只脚，单脚跳了过去。"有些人认为火烈鸟很可爱呢。"她一边嘀咕，一边朝招牌跳过去。

"上面的大字写的是'B&B'，"她说，"我不知道那是什么意思。"

"啤酒（beer）和德国香肠（bratwurst）？我猜可能是某种酒馆。"亨利·威洛比说。

"不，这儿没有停车场。酒馆应该有停车场。"

"把小字也读一下，好吗？该死，真希望我的眼镜还在。"

妻子向前靠过去。"床（bed）。"她说。

_____

①火烈鸟通常都是单腿站立，另一条腿缩起来。至于它们为什么会这样，有许多种说法。但事实是，科学家们并不知道。（也许和威洛比太太一样，那只脚上有水疱吧？哈哈。）

"床和什么？'B'和'B'，另一个'B'呢？"

"厕所（toilet）。就只写了这些。"

"好吧，真够蠢的，"亨利·威洛比说，"如果他们的意思是卫生间的话，干吗不直接写卫生间（bathroom）呢？不过，好吧。床和卫生间。听起来非常吸引人。事实上，我需要上卫生间了。"

"我们应该按门铃吗？牌子上说，门铃通常会响的。"

她丈夫没有回答。他已经快步走到了这栋小房子的门前。弗朗西丝·威洛比在后方栅栏那儿，试图把肿胀的脚塞回刚才踢掉的鞋子里。终于，她放弃了，拎着鞋，一脚高一脚低地走了过去，来到丈夫身边。按下门铃前，她丈夫低声对她说："如果他们问我们名字，我要用化名。因为我们不知道开店的是什么人。"

妻子点点头，于是他按响了门铃。

屋内，普尔太太一直在隔窗观看。她打湿围裙的一角，在模糊的玻璃上擦出一小块干净的地方。现在她就从那儿窥视着外面，打量着门口的那对夫妻。运营B&B让她紧张。万一来住宿的是犯罪分子，想把这儿当作藏身处怎么办？或者……素食主义者？嬉皮士？政客们？天哪，想到那些可怕的人可能会出现在她家门口，她就受不了。

"坚强一点，"她对自己说，"友好一点。就像'妈咪'那样。"

最终，她认为这对夫妻看起来很普通，甚至有些无趣。棕色衣服，不耐烦的脸色，糟糕的发型。她决定开门。

"下午好，"站在那儿的男人用一种生硬、挑衅的声音向她问好，"我特别希望第二个'B'代表的是卫生间。"

"第二个'B'？"普尔太太没明白。

"在哪儿？卫生间？"

她站到一旁，让他进来，指给他卫生间的方向，然后不解地看着他消失在里面。

"对不起，"留在门口的女人说道，"起夜的时候，他脾气更糟糕。你知道的，男人就是这样的。"

"不，"普尔太太伤心地说，"我以前确实知道，可我亲爱的丈夫已经离开了很长时间，他去找愿意购买过时百科全书的人去了。他现在一定在阿拉斯加。他没有寄钱给我们。所以我们一贫如洗，才不得不开家B&B。"

"事实上，"威洛比太太说，"我希望第二个'B'代表的是创可贴（Band-Aid）。我的脚需要贴一个。"

"请进。"普尔太太说。威洛比太太拎着鞋跳了进去，心想丈夫如果不是去卫生间了，大概会评价她像只袋鼠。她跟着普尔太太来到厨房，准备坐在一张椅子上。

"等一下！"普尔太太大声说，"来，坐这把椅子。那把有一条腿不稳，有时候会摔得很惨。"

威洛比太太谨慎地在第二把椅子上坐了下来，那把椅子也有点摇晃，因为四条腿好像都不一样长。但她谨慎地调整了一下坐姿，终于放松了下来。不用再走路真是太好了，尽管——她环顾四周——这好像是一个非常温馨，但又有点穷酸的家。墙上唯一的装饰品是一幅蜡笔画。

普尔太太在抽屉里翻找着。片刻之后，她说道："啊哈！创可贴！"她把它拿起来，走到威洛比太太身边说："给我看看哪儿疼。"

威洛比太太指了指水疱，普尔太太一丝不苟地把那片小创可贴贴了上去，压了压。威洛比太太痛得龇牙咧嘴。

"希望能贴得牢，"普尔太太嘀咕道，"已经用过一次了。"

"用过？"

"每次都用新的怎么用得起呢？节俭是一种很重要的美德。"普尔太太甜蜜地笑着说，"我经常这样教育孩子。他们嫌我'妈咪'，可我确实相信，人应该勤俭持家，创可贴也应当物尽其用。"

威洛比太太还没想好怎么接话，她丈夫已经来到了厨房。"床和卫生间，"他说，"谢天谢地。那么，床在哪儿呢？我需要小睡一会儿了。"

"我马上带你们去看，"普尔太太说，"可这是收费的，我得像做生意那样正规一点。首先我需要知道你们的名字，然后你们得付我二十五美元。"她从放创可贴的抽屉里找到一个铅笔头。接着，她从垃圾桶里捡起一张皱巴巴的纸巾，用手抹平，说道："先说名字吧。"

"我们是，呃，亨利·弗朗西丝夫妇。"

普尔太太把名字写在纸巾上。"这是你们的账单，"她解释道，"你们要住几天？"

"就一天吧。我们在找住在这条街上的亲人。你认不认识姓威洛比的人？住在一座公馆里的？你们隔壁好像就有一座公馆。"

"是的，那确实，"普尔太太说，"有三十七扇窗户。住在那儿的是一位亿万富翁，但我不清楚他的名字。他从来没邀请我去过他家。当然，如果他请我过去，我也没衣服可穿。我只有这一件老掉牙的旧裙子。"

弗朗西丝·威洛比接过话茬："我太理解那种感受了！我们离开瑞士时，他们给了我们一些旧衣服穿。这件棕色裙子真是太丑了！简直是一种侮辱！"

普尔太太抬起头："你不是在说你也很穷吧？"

"不，我们当然不穷！"亨利·威洛比回复道。

"由于非常复杂的原因，我们暂时没有资金，"他的妻子解释道，"等我们一找到我们的子女……继承人……我们的——唉，我不知道怎么称呼他们！"

"叫他们蒂姆，"丈夫哽咽地说，"巴纳比A、巴纳比B和——天哪，"他抽了抽鼻子，然后控制住了情绪，继续说道，"简。"

"等一下。你们能付得起这个吗？"普尔太太举起那张纸巾说，"因为我真的非常抱歉，如果不全款付清的话，我恐怕无法带你们去看房间。"她暗自庆幸，他们把第二个'B'误认为是卫生间，因为那意味着，他们就不会期待着——或者意识到他们有权获得——早餐。原本准备在第二天的稀粥里添加的大把葡萄干也省下来了。

"哦，我们会付的，"威洛比先生抱怨道，"美国大使馆最后同意帮我们把瑞士法郎换成美元，尽管钱已经湿透了，脏兮兮的。我想他们这样做是为了打发我走。"

"我的还留着呢，"威洛比太太拍着她湿透的包说，"我还有呢。但已经发霉了。"

"你真是个驮鼠。"威洛比先生评价道。他转向普尔太太，从口袋里拿出钱包，移开了几张账单："给。你是说二十五美元吧？"

"事实上，是二十六美元。"普尔太太说着，递给他刚刚写好的账单。

"因为提供了紧急医疗服务，增加一美元？"他读出她写的内容。

"你妻子的脚。"

"我妻子的什么？"

"亨利，我起了一个非常严重的水疱。"威洛比太太提醒他。她站了起来，抬起一条腿并弯曲着。

"我有没有说过你看起来像只火烈鸟？"威洛比先生嘀咕道。然后，他皱着眉数了数钱。"顺便说一句，"他对普尔太太说，"卫生间里没有毛巾。我们需要毛巾。"

"噢，稍等片刻。"她拿过账单，往上添了几笔。

"现在是二十八美元了，"她说，"加上毛巾。"

威洛比先生的脸变成了绛红色。他妻子知道那是他即将开始咆哮的征兆。"亨利，"她赶紧劝他，"算了，付吧。"

他把钱扔在餐桌上，然后跟着妻子朝附近的卧室走去。普尔太太在他们身后和蔼地喊道："厕纸是免费的！"

他们关上房门后，普尔太太长长地出了一口气。她为自己感到骄傲。她表现得就像一个生意人，而不是一个可怜兮兮、一贫如洗的"妈咪"。而且他们看起来像是有素质的人。她希望自己能在他们的枕头上放两块巧克力。啊,可有巧克力的日子已经结束了。现在,有巧克力是一项重罪了。

17

一辆破玩具车

温斯顿和温妮弗雷德希望里奇的父母邀请他们留下来吃晚饭,可并没有。里奇的母亲曾短暂地来了一下客厅,做了个自我介绍,然后就离开了。片刻之后,里奇带他们走上那座宏伟的楼梯,来到了他的房间,房间里除了一张大床,还摆了椅子、沙发和衣服,旁边就是游戏室,里面有一大堆他们渴望的玩具。可是里奇一边指着这个那个,向他们介绍那些玩具和设备,一边打着哈欠。

"里奇,我们每天都可以过来玩。"温斯顿说。

"好啊,"里奇扫视了一眼房间,"可我们玩什么呢?每一样我都玩腻了。"

"飞行棋或者别的什么。也许吃过晚饭后,我们可以讨论一下,"温妮弗雷德提议道,"我有点饿了。"

里奇眼前一亮:"噢,我可以到你们家去吗?"

"今天不行,"温斯顿说,"下次我们再邀请你过来吃晚饭。你爸说他看见有人要去我们家。我猜我妈正在忙。"

"是的,"温妮弗雷德补充道,"如果我们不在家,母亲大概会很庆幸。不知道我们能去哪儿吃晚饭呢。"她害羞地朝里奇瞥了一眼，而他正在研究一个只拆了部分包装的玩具的说明书。

"这个看起来很无聊。"里奇说。

"马上就到晚饭时间了，"温斯顿大声说，"把那个放在一边吧，里奇，现在该想想吃的了。我很好奇你们家晚饭会吃什么。"

"大概是无聊的牛排吧。"里奇说。

温斯顿和温妮弗雷德同时陷入了沉默。牛排？他们听说过，但从来没有吃过。他们家的晚饭通常都是一锅乱炖。母亲不许他们询问里面是什么。有一次，他们家的猫咪"萝卜头"彻夜未归，温斯顿瞪着他汤勺里的大块物体，惊愕地嘀咕道："萝卜头？"母亲看上去吓坏了，回答道："当然不是。是芜菁。"后来没过多久，萝卜头又出现了，她悠闲地穿过一扇开着的门，然后在厨房地板上吐了一小团鸟毛和草的混合物。污渍现在还在那儿。

"你们吃甜点吗？"片刻之后，温妮弗雷德问道。

"嗯，"里奇耸耸肩说，"甜点通常都是无聊的蛋糕，或者派。"

温妮弗雷德和温斯顿轻轻地咽了咽口水。他们等待着，可里奇始终没有邀请他们吃晚饭。

最后，温妮弗雷德叹了口气，说道："好吧，我们该走了。明天见，里奇。你爸爸说，我们每天都应该过来几个小时。"

"好的。"里奇说。他转过身，厌倦地拆着一个新玩具的包装。接着，他突然停了下来，说道："等一下！那是什么？"

他饶有兴趣地看着温斯顿从口袋里拿出来的那个小东西。温斯顿低头看着它，尴尬地解释道："只是一辆破玩具车。等下回家我就要把它扔掉了。"

"我能看看吗？"里奇问。

温斯顿把这个破旧的玩具递给了他。"是我爸做的。很久以前他送给我的，"他解释道，"后来他就走了，我们不知道他在哪儿，也许是在阿拉斯加，玩具车坏了，他也不在，所以……"

里奇检视着它，用手指转了转它的三个轮子。"只是缺个轮子而已。"他说。

"我知道。我说了，我要把它扔掉——"

"也许我们能做一个？"里奇问，这个想法让他激动，"做一个新轮子？"

温斯顿皱起眉来："呃，嗯，如果我们有合适的工具，我猜我们——"

"我们有工具！"里奇说，"我爸有一整套从'尖端印象'买来的工具！还从来没用过呢！"

"什么是'尖端印象'？"温妮弗雷德悄悄对哥哥说。温斯顿耸耸肩，悄悄回答道："我也不知道。"

里奇突然变得活力四射，他从自己的房间跑出去，一边下楼，一边大声喊道："爸！妈！我的朋友们能留下来一起吃晚饭吗？"

18
拌个沙拉

　　隔壁的小房子里，普尔太太听说她的孩子们要在外面吃晚饭，就额外收了一点钱，把孩子们那份神秘炖肉分给了她的B&B客人。当然了，她不是那样称呼食物的。她说的是："你们介意和我一起吃饭吗？我做的红酒烩牛肉非常好吃。"

　　很久以前，普尔太太上高中时学过法语。有一个单元是关于烹饪和餐饮的，她还记得诸如"酒焖子鸡""红酒烩牛肉"这样的词。她不知道这些究竟是什么①，不过她的发音是正确的。

　　这是她第一次接待客人，但她知道怎么提升档次。她从垃圾箱里找到一个玻璃罐，里面装过她炖菜时煮的洋葱。她把洋葱味儿冲洗一番，倒上水，然后出门去摘了些花来作为摆饰。杜鹃花都是邻居家的，但她可以伸手够到枝条，剪下一些花朵。街角的停车指示牌下面有一片沃土，上面生长着一片山谷百合，很轻松就能摘到一把。

　　她把花插进玻璃罐里时，发现不合适，花太多了。那这样

---

① 其实就是红酒煮鸡和红酒煮牛肉。法国人喜欢这样做菜。

吧，她把杜鹃花插了进去——普尔太太心想，白色加绯红色，很可爱的组合——然后她把叶子摘下来放在了一边。

"呃，"她看着叶子想道，"绿色，是不是有一种关于食物组合的准则，说人应当吃绿色的东西？"她决定用这些叶子拌个沙拉。

隔壁公馆里，里奇的父亲蒂姆·威洛比，看着公馆餐厅里奢华的餐点，几乎流下泪来。想到这一切奢华都将很快消失，他觉得难以承受。（就在这时，他公司的卡车正从全国无数个角落前往沙漠中被指定为"焚糖区"的巨型垃圾场。大火熊熊燃烧，周围的空气都弥漫着奶油糖果、薄荷糖和焦糖的味道。）

他伤心地朝这两位小客人笑了笑，然后领他们进入餐厅，那儿的红木餐桌上已经摆放了一盘烤牛肉。每个座位前都有一张卷起的亚麻餐巾塞在餐巾扣里。银烛台上的烛火在跳动。里奇的母亲用银勺和叉子，把一只漂亮木碗里堆积在紫叶菊苣和长叶莴苣上的沙拉酱挑出来扔掉。

与此同时，隔壁的小厨房里，普尔太太从垃圾桶里拿出几片午茶时已经挤过的柠檬。她又挤了一次，耐心地挤出最后几滴柠檬汁，然后用一把弯曲的叉子，将一点点橄榄油和柠檬汁搅拌在一起。

一个破裂的、遍布斑点的碗内盛着一些杜鹃和山谷百合的叶子。

她把混合物倒了进去，做出了一道沙拉，准备给亨利·威洛比和弗朗西丝·威洛比吃。

这道沙拉是一个非常不幸的决定。她当初真应该认真听一

听高中的植物学课。她不知道，没学过，或者不记得，那两种
植物都有很强的毒性①。

---

① 关于杜鹃的第一条文字记载出现在公元前四世纪的希腊，那时，有一万名士兵中了黄杜鹃花蜜的毒。那山谷百合呢？它含有大约二十种有毒苷类物质。

19

晚饭之前

在威洛比夫妇的房间里（实际上是普尔太太的房间，不过当然了，他们并不知道这一点），两人讨论着他们的处境，商量着计划。透过一扇小窗向外瞥去（正如温妮弗雷德多次提到的那样，这是小房子的六扇窗户之一），亨利·威洛比突然说道："肯定是它了。"

"什么肯定是它？"妻子问。

"你是鹦鹉吗？总是学我说话。"

她瞪着他。"呱呱。"她学鹦鹉说道。

他不予理睬："我的意思是，隔壁的房子——那座公馆——可能就是那个姓威洛比的人住的地方。还记得我们家老房子里那个孩子说的吗？有个姓威洛比的人住在一座公馆里？就在这条街上？这是附近唯一一座公馆。肯定就是它了。"

"那我们去他家问问吧，"妻子提议道，"不过我只要穿袜子去就好。我再也不穿那双鞋了。"

丈夫皱起眉："我饿了。那个女人呢？她多收了我们住宿费，说会给我们提供晚餐。好吧，'提供'这个词不恰当。她是要收费的，可能还会多收费。不过我们去吃吧，然后睡个觉，明天再去那座公馆。”

妻子觉得有道理。她也饿极了。其实收到普尔太太的邀请，他们是很高兴的，因为他们不知道上哪儿找餐馆去。他们离开了三十年，这附近变化太大了。而且，无论如何他们都不想再走远路了。但他们感觉有些凌乱。威洛比太太穿着一双厚袜子，就那样走来走去。那双高跟鞋尺码太小，导致她的脚酸痛无比，还起了水疱，她再也无法忍受了。她丈夫满脸胡楂，尽管驻瑞士的美国大使馆给了他们基础洗漱用品（牙刷、梳子和剃须刀），但因为卫生间里没有热水，所以他无法刮胡子。

“我记得，”弗朗西丝·威洛比叹息着问亨利·威洛比，“以前我们还是很，呃，很讲究的吧？”

他努力地抬起头来。他正试图擦掉衣服上累积的咖啡渍和牙膏渍，还有一些无法分辨的东西。“我是，”他回答，“我不记得你什么时候讲究过。”

威洛比太太气得龇牙咧嘴。“我有一件度假时穿的漂亮裙子。”她提醒他。

“上面那些漩涡图案，还有羽毛装饰，让你看起来就像只孔雀。”丈夫说。

她噘起嘴来。“木棍和石头能打断我的骨头①，”她吟诵道，可他并没有在听，“另外说一句，你需要理发了，还得刮个胡子。你现在非常不修边幅，这样显老。”

①一句谚语，“木棍和石头能打断我的骨头，但言语永远不会伤害我”。意为不在乎他人的评价。——编者注

威洛比先生愤怒地瞪着妻子："你非得提这个吗？"

"提什么？"

"我们的年纪。我很希望能忘记这个奇怪的问题。"

这时她想了起来。"我们实际上非常年轻！"她说，"比我们去瑞士之前认识的所有人都年轻！而且——哈哈！——他们现在都老了。"

"是的，可是我们的孩子——"

"我不要想起他们。"威洛比太太说。

"可他们——"丈夫刚开口。

可威洛比太太捂住耳朵，大声唱了起来："啦啦啦。"

威洛比先生放弃了关于孩子的话题，尽管现在他正满怀深情地想念着他们。小简的微笑多么讨人喜欢。老大蒂姆是一个忠诚的男孩，一个天生的领袖，当孩子们想要什么时，蒂姆总是代表他们四个说话，比如一顿饭、干净的睡衣，或者浴缸里的清水。那对双胞胎！现在他觉得，让他们共用一个名字，轮流穿一件毛衣很不公平。他们值得各自拥有一件毛衣。唉，他和妻子曾经是多么糟糕的父母啊！他抹了抹眼泪。

"好吧，"片刻之后，他振作起来，说道，"我们去吃晚饭吧。也许那儿有烛光，就没人会注意我们的外表了。"

但是，他们来到普尔家厨房里吃晚饭时，那儿并没有蜡烛。光线来自吊在天花板上的一个晃晃悠悠的、昏暗的灯泡。墙边有一台冰箱，冰箱的门把手已经生锈了，而且一直发出嗡嗡的声音，很烦人。桌子上摆了大小不一的三个盘子。桌子中央有一大碗沙拉，炉灶上锅里的炖菜冒着泡。

"要是我能买得起微波炉，就可以很快把炖菜热好了，"普尔太太说，"等我的丈夫带着他的财富回来时，我们会买一个的。"

"什么是微波炉？"威洛比太太低声问丈夫。

可他也不知道。他耸耸肩，低声回答："某种新奇小发明吧。"他们俩望着这位女主人用长柄勺舀着炖菜。看起来不是特别好吃，但他们饿了。

"我先把这碗沙拉分一下怎么样？"威洛比先生说着，朝桌子中央那个盛满绿叶的碗伸出了手。

20

祝酒

　　与此同时，这顿晚饭让温妮弗雷德和温斯顿大为震惊。有好几道菜！最先上来的是一份汤。在他们家，汤很常见，可它经常就是主菜，而且是头天晚上的炖菜加了些水。但在这儿，在里奇家的公馆里，一位女佣端上了第一道菜，那是一个镶着金边的瓷碗，里面盛着美味的浓汤，还有特别的汤勺！普尔兄妹聚精会神地观看该用什么器皿，因为每个座位前都整齐地摆放着好几种银质餐具。

　　"太鲜美了！"温斯顿品尝了一勺后说道。

　　"这是野生蘑菇浓汤。"里奇的母亲解释道。

　　"如果采错野生蘑菇，是能毒死人的，"里奇说，"《大象巴巴》里的大象国王就是那么死的。他吃了一朵有毒的香菇。"

　　接着，他补充道："我有一整套《大象巴巴》，第一版的。吃完饭我带你们去我的书房看看。"

　　"那这些蘑菇是什么？"温妮弗雷德问。尽管汤很好喝，但她突然有点紧张。

　　"不用担心，"露丝·威洛比安慰她说，"这些都非常安全。事实上，我和蒂姆对蘑菇进行过广泛的研究①。你汤里的是羊肚菌和鸡油菌。"

"真希望我也能研究一些自己感兴趣的事情，就像蘑菇，"温妮弗雷德说，她放心地喝完了汤，"除了阅读和算术以外的东西。"

"我妹妹是个学霸，"温斯顿解释道，"可她有一点讨厌上学。"

"随便选一个主题吧，"里奇说，"然后来我的书房，我把相关的书给你。我的书包罗万象，你可以带回家去看。"

"有地质学相关的吗？"温妮弗雷德问，"我对地质学特别感兴趣。"

"有。"里奇说。

门开了，女佣从厨房走了出来。她来回走着，安静地把空汤碗收走。

里奇的父亲敲了敲杯子，以吸引大家的注意力。"上烤牛肉之前，"他说，"我想先祝个酒。"

里奇偷偷对普尔兄妹说："我爸最喜欢祝酒了。有时候怎么都祝不完。"

"致我们可爱的客人，"威洛比先生说，"温妮弗雷德和温斯顿！你们能来真是太好了！感谢你们带给里奇的陪伴！"

温妮弗雷德和温斯顿礼貌地笑了笑，然后准备去拿刀叉。烤牛肉闻起来真香。

----

①蘑菇专家又叫作真菌学家。最致命的蘑菇是鹅膏菌，千万不能吃。

"还有，致我可爱的妻子！"蒂姆·威洛比继续说道。里奇的母亲深情地朝丈夫一笑。

"接下来，致我的养父，梅勒诺夫指挥官，今晚他在自己的套房里吃饭，首先是因为他年纪大了，九十七岁了！"大家不禁啧啧赞赏起来，"其次是因为糖果行业最近的事态发展让他感到震惊，这是可以理解的。"

"什么意思？"温斯顿悄悄问里奇。

里奇耸耸肩。他也不知道。

"然后，致另一个巴纳比，"蒂姆用一种尊敬的口吻继续说道，"让我们为他默哀片刻。"

"这个人死了吗？"温妮弗雷德悄悄问里奇。

"没有，"里奇回答，"别说话。嘘。"

大家都安静了下来，连温斯顿和温妮弗雷德也一样，尽管他们并不知道为什么。（另一个巴纳比就是梅勒诺夫指挥官的儿子，奇怪的是，他的名字和威洛比家的双胞胎一样，不过他的名字前面有个"小"字。他曾经做过他们家族企业的总裁。据说，有一款名叫"小薄荷糖"的糖果就是以他的名字命名的。可他却决心去做一名特拉普派的修士，现在他与世无争，居住在马萨诸塞州西部的一个修道院里，在那儿，人们都叫他巴纳比修士。）

最后，蒂姆·威洛比仍然举着他的杯子，继续说道："致记忆中敬爱的保姆！她是个了不起的女人，也是一位了不起的厨师！"

"现在，"他继续说道，"我要朗诵一首父亲写的诗。'曾经有个女人名叫保姆——'"

他妻子打断了他。"不，蒂姆。不要念下流的那首，"她严肃地说，"有外人在，不行。"

里奇咯咯地笑着朝普尔兄妹凑过去。"是关于她的屁股的。"他低声说道。

蒂姆·威洛比叹息道："好吧，不说那首诗了。孩子们，每个人也来祝一句吧？"

里奇举起杯子。"致我的新朋友！"他说。

大家都朝温妮弗雷德和温斯顿看去。终于，温妮弗雷德举起杯子说道："致我的父亲！愿他的旅行能尽快结束！"

现在只剩下温斯顿了。"呃，致我的猫，萝卜头！"片刻之后，他说道。

"你有一只猫？"里奇大声说，"我想要猫！我为什么不能有一只——"

"该吃饭了。"他父亲说完，便开始把烤牛肉分给大家。

21
B&B不那么有趣

隔壁普尔家的厨房里，威洛比太太突然放下了刀叉。"我感觉不太舒服。"她说。

"你的脸色有些苍白，"丈夫说，"你这样不好看。"

"木棍和石头能——"刚说到这儿，她就说不下去了，"不好意思。"威洛比太太听起来异常痛苦。然后她立即跑进了卫生间。

"她怎么回事？"她丈夫说。接着，他按住肚子，趴了下去，一口吐在了猫身上。

没有吃沙拉的普尔太太惊愕地环顾着她的厨房。原来开一家B&B并不那么有趣啊。

22

草莓酥饼

甜点端上来之后不久（是草莓酥饼！普尔兄妹听说过，但从来没见过——更别提吃了），梅勒诺夫公馆的门铃响了。女佣把最后一个盘子放在桌上，然后小跑过去开门。但很快她就回来了。"是一个穷困潦倒的女人。"她低声对里奇的父亲说道。

"天哪，"蒂姆·威洛比说，"你把她带到这儿来，让我们看看她想要什么，难道她会毁了我们的甜点吗？"

"先生，"女佣说，"没有什么能毁掉草莓酥饼。我这就去带她进来。"

温妮弗雷德和温斯顿抬起头来，惊讶地看到他们的母亲拧着手，出现在门口。

"我是普尔太太，你们隔壁的邻居，"她焦急地对威洛比先生说，"我是他们的母亲。"她指了指她的两个孩子。

"请不要指责他们，"里奇的母亲说，"这两个孩子表现得非常好。"

"看，母亲——我们正在吃草莓酥饼！"温妮弗雷德对普尔太太说。

"你也来一份好吗？有很多呢。"里奇的母亲提议道。

"不！我的意思是，现在不行！改天我会很愿意吃一些的！可现在我有急事！而且我没有电话——我太穷了！"

温斯顿解释道："你看，我们姓普尔，可我们也是真穷。里奇也是一样。他叫里奇，而且——"

温妮弗雷德低语道："嘘。"

"我们有电话，"里奇说，"其实我们家有好多部电话。我们有一台潮流网络GXP最先进的电话，带有双千兆网络端口。它能显示阿拉伯语、汉语、克罗地亚语、捷克语、荷兰语、英语……"

"里奇，她不需要知道那些。"里奇的父亲温柔地说。

"法语、德语、希伯来语、匈牙利语、意大利语……"里奇好像停不下来。

"你有什么急事啊，普尔太太？要打911吗？"

"要的！我家里来了两个客人，我的意思是我开了一家B&B，正吃着晚饭呢——"

里奇打断了她："日语、韩语、波兰语、葡萄牙语……"

"一定就是我在窗户看见的那两个人吧，"蒂姆·威洛比说，"他们看起来有点眼熟。他们叫什么名字？我想我过去肯定认识他们。"

"他们的名字，他们的名字，呃……"普尔太太紧张地揪着她污渍斑斑的围裙褶边，"我想，是亨利先生和太太，或许是弗朗西丝先生和太太。我忘了，其中之一吧。总之，这不重要，因为他们俩现在都躺在地板上，失去意识了，还有我的猫！你们真应该看看猫怎么样了！"

"俄语、斯洛文尼亚语、西班牙语、土耳其语。就这些。"里奇兴高采烈地抬起头来。

"天哪,那只猫还好吗?"里奇的母亲问普尔太太。

"应该没事,但她得洗个澡了,她最讨厌洗澡了!她全身都沾满了——"

"还有呼叫转接、呼叫保持、呼叫转移、呼叫等待、来电显示和语音留言。"里奇说。

他父亲已经去了大厅,在拨911了。

"请坐,普尔太太。吃点草莓酥饼吧。"里奇的母亲和蔼地说。

"救护车出发了!"里奇的父亲从大厅回来时,说道。

里奇的母亲将一盘甜品递给普尔太太。"来点奶油吧?"她说。

"他们没吐在我床上吧?"温妮弗雷德惊慌地问母亲。

"到处都吐了,"普尔太太对女儿说,"到处都是。"然后,她转向里奇的母亲:"好的,来点奶油吧,谢谢。"

"也拉肚子了吗?"温斯顿问,"通常当你——"

普尔太太点点头,然后把脑袋埋进手掌里。"是的。世纪浩劫啊。"她呜咽道。接着,她抬起头,看着面前的甜点,用手指蘸了些奶油,尝了尝,说道:"真好吃。"

"本来还有饭后薄荷糖,"威洛比先生对桌上的所有人说,"可就像你们大部分人都知道的那样,薄荷糖已经成为……"他犹豫着,咽下了眼泪,"事实上,所有的糖果都成了……天哪,这真是一场深远的灾难。我们的财富都依靠——

而现在——"他也把脑袋埋进了手掌里。

　　屋外远处，救护车的鸣笛声越来越近了。

23
四百零三个糟糕的决定

可怜的本·普尔仍在加拿大西部艰难跋涉着,背包和悲伤压得他举步维艰。他想念他亲爱的孩子们。他后悔自己这一生中做出了四百零三个糟糕的决定[①]。

他心不在焉地想着要不要给自己改个名字,也许改成"里奇"——不过得再加个"e",就像"普尔"那样,结尾加个"e"。可他又觉得人们会把它念作"里氏",他不喜欢这个发音。他妻子也一样。虽然她的名字叫作"帕特里夏",但别人总是叫她"翠西"。不管是"翠西·里奇",还是"翠西·里氏",这样的名字显然都不行。

总之,他想道,"普尔"这个姓氏有着赫赫有名的历史。他的一位祖父曾经是教授什么的,还有一位叔叔是脊骨神经科医生。

他想,他也可以赫赫有名,只要他能卖出这些可恶的百科全书。也许机遇就在下一个小镇——乔治王子镇。他想,乔治

[①]第345个是在俄亥俄州的阿克伦踢了狗。他有一个清单。第106个是在十三岁时吸了一根烟。

王子镇上，一定会有人热衷于教育和学问。

　　他身后空荡荡的路上，传来汽车发动机的声音。有一辆轿车或是卡车正在向他驶来。他深吸一口气，调整了一下背包，试图表现出愉悦且无害的表情，举起了大拇指。

24
医院里的困惑

在医院，一大堆医生围着这对被救护车送来的夫妻。他们被送上救护车时，已经昏迷不醒了。医生给他们做了静脉注射，打了激素、抗生素、葡萄糖，拍了X光、核磁共振、心电图，做了活检，以及他们能想到的一切措施①。与此同时，医院办公室里出现了一阵混乱。

"这不合理啊，"医院院长说，桌子上有两个钱包，他拿起了一个，"他们俩都有医保卡，但保险公司说根本不认识这两个人。"

"而且我给他们驾驶证上那个地址打过电话了，"医院的行政助理说，"那是一栋很好的房子——我每天上班都会经过——可接电话的那个女人说她姓奥利里，他们一家人在那儿已经住了很多年。她从来没听说过——叫什么来着？"她拿起钱包，看了看身份证，说道，"威洛比。"

"这儿还有信用卡，"秘书说，"但很多年前就过期了。我打了万事达卡的号码，可他们以为我疯了。而且他们不会支

①在任何情况下，都不要在家里尝试这些方法。

付医院账单的。"

首席行政官对开急救车那位急救医生说："你找到他们时是什么情况？再描述一遍。"

急救医生报出了地址，然后说道："那是一栋特别奇怪的小房子。真的，我觉得那都算不上是栋房子，实在是太小了。新粉刷的蓝色百叶窗很漂亮，看得出来，平时，在没人吐得到处都是的情况下，它还是非常整洁的。门上挂着一根稻草。冰箱没完没了地发出噪声——嗡嗡嗡——就像得了肺病似的。"

"这对夫妻住在那儿吗？"

"不，住在那儿的女人叫普尔太太，她说，他们是她的客人。可她并不认识他们，也不确定他们叫什么名字。"

"两本驾照上面写的都是'威洛比'。"

"我知道。可这个普尔太太呢，她说，他们告诉她的名字不是这个。我猜，是用了化名。"

一位站在门口的警官听见了。他本来没有特别留意的，因为这既不是谋杀也不是入室盗窃，不是他感兴趣的案件。可现在他挺直了胸膛，朝前走了过去。"化名？"他说，"有人提到了'化名'吗？这事儿归我管！"他从口袋里掏出一个小本子，写上"化名"两个大字，然后等着接收更多信息。

"还有个问题。"急救医生说。

"这事儿我管定了，"警官一边说，一边写道，"问题。"

"问题是，"急救医生说，"根据DOB信息——"

"DOB？什么意思？"警官停笔问道。

"出生日期。"

警官连忙写下来。

急救医生继续说道："根据驾照上的DOB信息，他们应该六十多岁了，快七十了。"

"他们不可能快七十了。不可能。"在急诊室里见过那对夫妻的一位年轻医生朝前迈了一步。

"是的，他们年轻多了，"急救医生赞同道，"我看最多三十几。"

坐在桌旁的秘书敲击着键盘。"我来谷歌一下他们吧，"她说，"再告诉我一遍他们的名字。"

行政官拿起钱包。"亨利·威洛比，"他看着第一个说道，"和——"他打开第二个钱包，"这儿有些湿了的钱，像是外币。和弗朗西丝·威洛比。"

大家等待着。秘书输入名字。片刻之后，她瞪大眼睛，抬起头来："哇，我找到一篇讣告！他们死了！他们俩都死了！"

"死了？"警官一边重复，一边在小本子上记下来，"这事儿我管定了！"

"他们没死啊！他们俩都有脉搏，"急救医生说，"我亲自测的，血压也有。"

秘书照着屏幕上的字念道："死于瑞士，登山事故。"

行政助理说："我爬过一次华盛顿山，是在新罕布什尔州吧？不过那时我还很年轻。"

"别说话。"他的上司说，"上面还说了些什么？"

"很奇怪，"秘书困惑地抬起头来，"那场事故发生在三十年前。"

就在那时，办公室的门开了，一个穿白大褂的人走了进来。"对不起，打扰一下，"他说，"我想你们应该了解一下这些信息。"

他把一个夹着厚厚一叠文件的记事板递给行政官。"我是病理科①的。"他解释道。

"怎么拼写？"警官问完，仔细地听着，然后把"病理科"记到了本子上。

"事情是这样，"病理科的医生说，"我们一直在病理实验室里看这些切片。它们来自急诊室做过活检的那对夫妇。"

"亨利·威洛比和弗朗西丝·威洛比，"秘书说，"我刚谷歌过他们，而且——"

"他们被冻住了。"

"讣告就是那么说的，"秘书目不转睛地盯着屏幕说道，"冻成了冰棍。他们穿错了衣服，而且当时温度是——"

行政官打断了她。他对病理科的医生说："你的意思是，你把活检组织拿去冰冻后做成切片，用显微镜看吗？"

"不是，我是说——"

"等一下，"警官说，"我正在记。你是说，冻住了②？像电影里那样吗？我的孩子可喜欢那部电影了。她经常唱——"他唱了起来，"随它吧……"

病理学家打断了他。"你能先闭嘴吗？"他说，"我的意

---

①病理学是研究疾病引起的组织变化的学科。病理学家大部分时间都在看显微镜。

②frozen，和电影《冰雪奇缘》（Frozen）同名。——编者注

思是，细胞结构表明，早在我们获得标本之前，组织本身就已经冻结过了。然后，在之后的某个时间，它又解冻了。"

整个房间陷入了沉默。

"那保险能理赔吗？"有人问。

25
也许会让人痛苦的书

公馆内，随着燃眉之急的结束，普尔兄妹和他们的母亲又分别吃了一份草莓酥饼。接着，温妮弗雷德和温斯顿跟着里奇到楼上的游戏室去了。里奇拿着那辆坏玩具车。

"真希望我有一辆这样的小车。"他喃喃道。

"可是，里奇，"温斯顿说，"你已经有无数辆玩具车了。装电池的、手工雕刻的、夜光的、遥控的，数不胜数。你不需要别的车了。而且这辆也没什么特别的。它只是一辆粗制滥造的、摔坏了的——"

"我知道，"里奇抚摸着玩具车说，"可那是你父亲给你做的。"

温妮弗雷德和温斯顿都陷入了沉默。他们在想："你想要什么，你爸都会买给你。这些玩具全是你爸买给你的。"可他们知道那不一样。这让他们感觉很伤心。

终于，温妮弗雷德转换了一个话题，说道："里奇，我能看看你的书房吗？"

里奇小心翼翼地把坏了的小车放在游戏室的一个架子上，然后打开了一道门，门内仿佛是一个私人图书馆。每一面墙都立着一个书架，上面摆满了各种各样的书。

"是按首字母排过序的，"里奇解释道，"我爸请了一位图书管理员过来排的。你看，这里，窗户旁边。非虚构类：航空学、动物学和建筑学。"

他把各种不同分类的标签指给他们看，带他们在房间里转了一圈。

"如果你只想读故事书怎么办呢？"温斯顿问，"我喜欢故事。"

"在这儿，北面的墙上都是小说。当然，你可以选择幻想类、历史类小说，或者冒险、现实主义、幽默，或者——"

"为什么有些书上面写着'MBD'三个字母？"温妮弗雷德问。

里奇想了想，然后说："我忘了。不，等一下——我想起来了。'MBD'的意思是'也许会让人痛苦（Might Be Distress-ing）'。读那些书之前我得先经过我母亲的同意。"

"这本书为什么有MBD？"温斯顿从非虚构类里面拿出一本书，递给里奇。

"这是讲登山的。"里奇说。

"那又怎么样呢？为什么这个会让人痛苦？那边S开头的，有一本书是关于跳伞的，但它不属于MBD。我觉得跳伞比登山可怕多了。"

"还有这儿！"温妮弗雷德插话道，"在G开头这边！一本关于灰熊的书，不属于MBD。可O开头这儿，一本关于孤儿的书属于MBD。我确信，孤儿并没有灰熊那么让人痛苦。我一点也不会因为孤儿感到痛苦，一点也不。为什么孤儿属于MBD呢？"

里奇耸耸肩："我不知道。我从来没想过。"

"那么，这就是个谜了。我喜欢谜题，"温斯顿说，"我们来解开它吧！"

"怎么解？"温妮弗雷德和里奇异口同声地说，然后笑了一下。

"这样，"温斯顿说，"我们把所有标有MBD的书都找出来，摞在一起，然后看看它们有什么共同点。"

"好！"温妮弗雷德说，然后她便迅速地把登山和孤儿那两本书摞在一起，放在了屋子中央的桌上。接着，她取下另一本带有这个奇怪标记的书。"嗯，育儿。"她边观察边说道。她把这本也摞了上去，接着去找下一本。

26
普尔太太开始打扫

吃过甜点后，普尔太太提着主人家好心给她打包的剩菜回了家。那两个神秘的、不省人事的B&B客人不见了，他们被两辆救护车接走了，但是留下了一片狼藉。就连通常喜欢狼藉，时不时还会自己制造一些狼藉的猫咪萝卜头都逃离了现场。

她叫孩子们和她一起回家，帮忙打扫。她说，也许里奇也愿意来帮忙？他们可以一起干？可孩子们没什么热情。

"我还是算了吧，我不知道怎么扫，"里奇礼貌地说，"我从来没打扫过。我们有女佣。"

"我想我们应该留在这儿，"温斯顿对她说，"我们是雇来跟里奇做伴的。"

"是的，我们在赚钱呢！"温妮弗雷德补充道，"再说了，母亲，让我去打扫别人的呕吐物，我恐怕也要吐的。我确信还是你自己干比较好。"

"好吧，"普尔太太回答，"你们确定能赚到钱吗？"

两个孩子点点头。"很多钱。"温斯顿说，不过他其实并不确定。事实上，威洛比先生刚刚才颇为哀伤地告诉他，很快他们就会没钱了。

"那样的话，你们还是应该留下，"他们的母亲说，"但别太晚回来。我希望你们在……"她犹豫了一下，"你们是按时薪算的吗？"

"是的，"温斯顿瞎说道，"当然了。"

"好吧，那你们就留下吧。但不要超过十二点。当然，除非他同意十二点之后付更高的薪水。那样的话，你们熬个夜也可以。"

"但别指望我给你们留剩菜了，"她小心翼翼地把装有烤牛肉和草莓酥饼的盒子叠在一起，以便拿回家去，"晚点你们要是饿了的话，可以吃那些剩下的沙拉。客人们刚吃完自己的那份就晕倒了。"

她回到自家厨房里，叹了口气，环视一周，然后把剩菜放在嗡嗡作响的冰箱旁边的柜台上。她系上围裙，从水槽里打了一桶水，拿起拖把，开始打扫。

27
MBD的奥秘

书房内，三个孩子继续查看着书架。

"让我看看地质学的书，好吗？"温妮弗雷德说，"我对地质学特别感兴趣，希望——"

"这儿又找到一本MBD！"温斯顿宣布道。他把它放在标有字母的那摞书上。

"还有一本。"里奇说着，从矮处角落里找到了一本。

"我还是不明白，"温斯顿看着那摞书说道，"里奇，你确定那三个字母代表的意思是'也许会让人痛苦'吗？"他拿起自己刚刚找到的那本书，念出书名，"《低温物理学》，哈？"

温妮弗雷德哈哈大笑："我打赌那个MBD的意思其实是'最枯燥乏味的（Most Boring Dull）'。"

可里奇很肯定："不，那就是'也许会让人痛苦'。我记得这间书房是怎么来的。原来这是一间育婴室，我很小的时候住的，屋里有一匹木马和一个大泰迪熊。后来我父母去了一家书店，然后来了一辆装满书的卡车。这些都是我母亲安排的，可她不断碰到一些她觉得可能会让我不安的东西。她正要把它们扔掉，但爸爸说别扔，这些花了很多钱买的，留下吧，但是可以在上面贴个标签，'也许会让人痛苦'。然后他们告诉我，等我长大后就可以读那些书了。"

"看！这有一本名叫《瑞士邮政系统》的书，"温斯顿从书堆里拿起另一本书，"为什么那会让人痛苦？谁在乎那玩意儿？这世界上会有人对瑞士邮政系统感兴趣吗？"

"没有人。"他妹妹说。

"没有人。"里奇也说。

"我感兴趣，从某种意义上来说。"一个低沉的声音说道，"但我们不需要进一步讨论了。"

门开了，有一个男人杵着一根拐棍站在那儿。他有一头白发，穿着一件浴袍。"你们看到的是一个刚刚破产的人。"他说。

"噢！天哪！晚上好，爷爷！"里奇惊诧地说。

28
急诊室内

急诊室内，威洛比先生终于睁开了眼睛。他转了转脑袋，看了看妻子，她正躺在旁边的一台担架上。

"你的头发乱极了，"他向她嘀咕道，"看起来就像一只狮子狗。"

她虚弱地扭过头来，瞪着他："木棍和石头能打断我的骨头。"她说到这里便陷入了沉默，因为她没有力气了，不记得下一句是什么了。

旁边的一位护士赶紧安慰她："不，亲爱的，你的骨头没有断！你得了严重的肠胃炎和可能致命的室性心动过速。"

一位医生正在重新排列托盘上的一些仪器，他补充道："实验室检查发现你的细胞里有三十八种强心苷。强心苷的化学结构含有一个类固醇分子，这个类固醇分子有一个四环的母核和其他能影响其生物学活性的侧链功能基团，包括甲基、羟基和醛基。"

躺在担架上的威洛比先生轻轻抬起头来，嘀咕道："我讨厌不讲英语的人。"

"快躺好，亲爱的，"护士对他说，"你不想碰倒你的血压计吧。"

医生继续说道："实验室还发现了椴木毒素，这是一种低分子量的疏水化合物，具有多羟基环二萜结构。"

威洛比先生呻吟起来。"别听他们胡说，弗朗西丝，"他对妻子说，"他们说的不是英语。我们到了一个奇怪的国家。还不如瑞士呢。"

"等你回家后，你可以谷歌一下。"医生说。

"什么一下？谷歌？你是这么说的吗？你的意思是漱一下口①吗？"

医生没理他，继续说道："另外，看来你们俩都被冻住过，然后又解冻了。"

"嗯，这个我们早就知道了，你这个卖弄狂！"弗朗西丝·威洛比火冒三丈地说，然后把手伸进被子里面，揉起她带水疱的脚来。

①gargle（漱口）和Google（谷歌）发音相似。——译者注

29

没有电话

温斯顿和温妮弗雷德喊道："明天见，里奇！"然后便回自己家睡觉去了。他们打开门时，萝卜头从草丛里蹿出来，急忙跟在他们身边进了门。他们发现母亲正坐在餐桌旁，品尝着最后一块草莓酥饼。拖把泡在一桶灰色的水里。萝卜头走过去闻了闻，然后嫌弃地跑开了。

"客人还好吗？"温斯顿问。

普尔太太耸耸肩："不知道。不过我得再跟他们收个额外清洁费。当然，如果他们还活着的话。"

"可怜的人。"

"不不，我们才是可怜的普尔一家！我们没有钱，冰箱里没有食物，你们的父亲不知道在哪儿，B&B也没有人打电话来预订，而且——"

"可是，母亲，"温妮弗雷德说，"我们没有电话，谁能打——"

"噢，嘘，亲爱的。你有时候真的很爱发牢骚。"

"我只是说——"

"该睡觉了，"普尔太太对孩子们说，"去睡觉吧。顺便说一句，没有被子了。被子被那个，你们知道的，被呕吐物毁了，呕吐物。我想我要再跟他们要点洗衣服的钱。也许再要十美元。"她把手伸进垃圾桶，找到一团纸巾，准备列一份新的费用清单。

"母亲，对下一位B&B客人来说，最好能有一床干净的被子，"温妮弗雷德说，"可没有电话，怎么才能——"

"你没听见我说该睡觉了吗？别在那儿一直抱怨了。"

温妮弗雷德叹了口气。"走吧，温斯顿，"她对哥哥说，"我们还是去睡觉吧。我们答应里奇了，明天一早就要去他家。"

他们俩走出厨房时，温斯顿提醒了妹妹一件事。"其实，我们也有一间书房。"他指着一道关着的门说。

"那只是一个储物间。"温妮弗雷德说。

"是的，但那是一个很大的储物间。而且里面确实塞满了——"

"我知道，过时的百科全书。"两个孩子一起叹息道。

30
今非昔比

傍晚，三个孩子在楼上游戏室里玩耍，里奇的父亲则待在楼下的客厅里。蒂姆·威洛比在糖果工厂也有办公室，可他很少去那儿，因为工厂运行得十分顺利。那儿有许多巨型不锈钢机器，用来混合、搅拌、调味和压缩食材，然后把它们切成条、称重、测量。标签机每小时能打印几千枚色彩亮丽的标签，顺着传送带进入标签粘贴机，而刚装好的糖果盒会从另一个方向同时抵达。标签"啪"地一下贴在盒子上，然后机器人会把盒子放好，严密打包起来，放进大纸箱里；沉重的大纸箱慢慢地移动着，来到装货台，进入卡车的货仓。每一天，卡车一辆接一辆地装满各种各样的糖果（包含最畅销的扭舔糖），离开工厂，轰隆隆地行驶在高速公路上，来到遍布美国甚至加拿大的超市、电影院和各种商店里。

通常，每天早上，工厂的卡车全速行驶的时候，蒂姆·威洛比会一边啜饮着咖啡，一边翻着报纸，寻找棒球比赛的最新得分。他身边有一台电话。有时候，会有电话打来汇报有一辆卡车爆胎了，要稍微耽搁一会儿。有时候电话里传来新闻，或者又一项荣誉："德卢斯儿童最喜欢的糖果""明尼苏达州的孩子选择了扭舔糖", 没人会感到惊讶。他手边的笔记本电脑不间断地播放着视频: 童子军们参观工厂, 他们都戴着防尘帽, 这样头发就不会掉进巨大的搅拌碗里; 一位在中西部一家养老院庆祝百岁生日的女性接受采访, 她咧嘴笑着, 侃侃而谈自己成年后的每一天是如何吃着扭舔糖度过的; 一位本月最佳员工得知自己有权获得一个带有特殊标识(甜点)的顶级停车位时, 高兴得手舞足蹈。

但今天不是这样的。今天传来的是连接不断的坏消息。股市暴跌。制糖厂汇报了因糖果禁令带来的巨额损失。中央情报局汇报, 美国中部地区的巧克力走私案件激增。报纸上报道, 郁郁寡欢的少年们被控告持有违禁物, 正在少年法庭接受提审。好莱坞对几部"糖果致死"恐怖电影的计划议论纷纷。

联合糖果公司的大部分卡车都在往回开, 他们去了沙漠里的火场, 现在空车回来了。工厂的机器都停转了。四百个工人被通知, 他们没有工作了。

蒂姆·威洛比愈发绝望地翻阅着银行账单, 眼睁睁看着他的财富消失了。

31
继续搭车

正巧有一辆这个公司的大卡车，正在从阿拉斯加的安克雷奇开往加拿大的乔治王子镇。这是一段漫长的旅途。

司机头天在白马市的一家戴斯酒店歇了个脚。接着，他开了一整个白天，然后在自己的卡车货箱里睡了一夜。现在，他终于就要到史密瑟斯小镇了。只剩下几百公里的路程了。可他又困又乏，需要有个人说说话，来让自己保持清醒。于是，当他看见路边有个人要搭车时，他便松了油门，踩下刹车，慢慢停了下来。

"先生？"他对搭车的人说，"你能一路搭车，直到乔治王子镇吗？"

"当然可以。"搭车的人说。

"那个背包看起来很重啊。"司机说。

本·普尔挣扎着把背包从肩上卸下来，然后托举进卡车驾驶室内。接着，他爬了上来。"这一点也不重，因为它装的是好几百年以来的知识。"他对司机说，"让我跟你聊聊这套不可思议的百科全书吧。"

32

奇怪的电话

"亲爱的？"里奇的母亲出现在客厅门口。里奇的父亲抬起头来。

"什么事？"

"医院的人打电话来了，是关于在隔壁呕吐的那对夫妻的事情。"

里奇的父亲叹了口气，放下那令人沮丧的银行账单，来到大厅，那儿的一张雕花古董桌子上放着一个接通了的电话。他希望这个电话不会耗时太久。他准备暂时把糟糕的银行信息放在一边，因为他答应他的儿子和隔壁那两个古怪的孩子，会打开他那套精致的工具，然后一起修理那辆小玩具车。似乎因为某种原因，这辆小玩具车对里奇有着独特的意义。这会让他分散一些注意力。

楼上，两个男孩在焦急地等待里奇的父亲。他们已经对MBD项目失去兴趣了，因为他们完全没有找到这些书的任何联系。"孤儿"和"关于私人铁路旅行的研究"没什么共同点。"登山"和"瑞士邮政系统"也没有联系。尤其是温妮弗雷德偶然发现了一本关于地质学的书（没有MBD标签），她的心头好，于是她对其他一切东西都失去了兴趣，整个人蜷缩在一张舒服的椅子上，读起磁铁矿、黄铁矿和辉碲铋矿来了。

"好了，男孩们，我们开始吧！"游戏室的门开了，里奇的父亲抱着一个沉甸甸的箱子走了进来，"快看啊，我拿来了八十九种功能合一的工具箱，还没打开过呢！"

"不好意思，我的意思是'男孩女孩们'！"他想起还有温妮弗雷德，于是补充道。

她抬起头来说："没关系，我坐在这儿看书就行。"

"好吧。欢迎你随时加入我们。抱歉让你们久等了，男孩们。我不得不接一个奇怪的电话。"

他把箱子放在游戏室的地板上，两个男孩随意地坐在箱子旁边，把它打开。

"什么奇怪的电话啊？"温妮弗雷德问，"我一直很喜欢奇怪的东西。"她在那本地质学书籍上做了个标记，把它放到一边。

蒂姆·威洛比拿起那辆坏了的小车，检查着。"可能得买一个新轮子，"他说，"我怀疑我的工具箱里没有轮子。"他朝温妮弗雷德看去："啊，奇怪是因为——"

"太棒了！"温斯顿尖叫着朝那个敞开的箱子凑过去，"有十八种扳手！"

"六种螺丝刀！"里奇说着，拿起来两把，"所有的尺寸都有！"

"里奇，"他父亲说，"打开电脑看看能不能买到轮子吧，别买贵的。""对不起，"他对温妮弗雷德说，"我分心了。电话是医院院长打来的。"

"那奇怪吗？"

"不，不奇怪。我给那家医院捐了很多钱。以前捐的。"他皱了皱眉，"我猜那样的日子已经结束了。"

"我们破产了。"里奇低声对朋友说，尽管他并不明白这个词到底是什么意思。

"当然了，医院的人还不知道我的处境变了。于是院长还是经常打电话来，问我想不想要一个以我的名字命名的实验室，或者一个房间，或者一整个急诊室。他们已经有里奇·威洛比骨科门诊了。那是在我儿子摔断脚踝之后我捐赠的。我们在滑雪，里奇没有好好听教练讲话，在中级雪道上错过了一个转弯。"

"那不是我的错，爸爸！都怪那双愚蠢的靴子！"里奇从电脑前转过头来。

"里奇，你的鞋是最好的了，薄壳结构，还有一个18毫米的超大枢轴。配你的双板再合适不过了！"

"可我不想滑双板！我想滑单板！"

他父亲转向温妮弗雷德："还有一个'梅勒诺夫指挥官孤儿护理部'。几年前我投资的，以我爸的名字命名。"

"孤儿护理？"温妮弗雷德端坐起来。她和温斯顿意味深长地互看了一眼。书房里他们找出来的那摞书里，就有一本是关于孤儿的。

"我妻子是孤儿。事实上，我也是。我们特别关注孤儿的问题。但是，回到这个电话上来，它之所以奇怪……"

"快看！还有一把强力钢锯！"温斯顿仍然在翻那个大工具箱。

里奇在电脑上浏览各种玩具车轮胎。"温斯顿，量一下轮子的尺寸，看看需要哪个型号。"他说。

"你还记得昨天晚上那对送去急诊的夫妻吗？"里奇的父亲继续对温妮弗雷德说，"你母亲跑了过来，然后我们打了911，那时你也在场。"

温妮弗雷德点点头："当然。那就是昨天晚上我没有被子盖的原因。他们晕倒前把我的被子吐得一塌糊涂。"

"嗯，他们已经从重症监护室里出来了，再过两天就可以出院了。但没人能联系到你母亲——"

"我们交不起电话费。"温妮弗雷德伤心地说。

"他们好像没有家，"里奇的父亲继续说道，"也没有什么钱。"

"他们预先付费给我妈了，"温斯顿抬起头来说道，"他们付了她二十八美元。"

"呃，好像他们就只有那么多了，除此之外，那个女人的包里还有一大堆湿透了的瑞士法郎。"

"所以，这就是那个电话的奇怪之处吗？因为瑞士法郎？"温妮弗雷德问。

"不。当然那也很奇怪。但让我感到最奇怪的是他们的姓氏。很显然，他们在你母亲那儿登记时用的不是真名。他们的真名竟然是'威洛比'。"

里奇还在电脑边上。温斯顿给了他正确的尺寸，他找到了一个合适的轮子。可那个卖家不单卖，至少得买二十四个。他把它们加入了购物车，等父亲来输入信用卡信息。可现在里奇的注意力也被住院的游客吸引过去了。

"威洛比是你的姓氏啊，爸爸！还有我！"他说。

"是啊，"蒂姆·威洛比说，"我被梅勒诺夫指挥官收养的时候是十二岁，那时我决定保留我的姓氏。"他转向温妮弗雷德："我说过我是个孤儿吧？"

她点点头。可她变得非常困惑。

"给，"他把一张信用卡递给里奇，"这张还能用。其他的我全注销了。买最便宜的那款。"里奇开始输入号码。

"多付点钱选择次日达吧。不是很贵，这是我们的最后一笔订单了，不如好好享受一下吧。"他父亲说道，"在此期间，我们先把车子准备好。我们重新打磨、喷漆，然后给车轴加上油。你们觉得怎么样？"

"太棒了！"温斯顿和里奇同时说道。

"那么明天，等轮子到了，我们就把新轮子换上去，它就焕然一新了。比新的还好！"

"就和你爸做好送给你的时候一样。"里奇对温斯顿说。温斯顿点点头，拿起车，把它贴近自己的心房。

大家一起安静了下来。接着，里奇的父亲突然说道："儿子，对不起，我没有成为一个更好的父亲。"

"不要紧，爸，"里奇对他说，"你给我买了那么多东西。"

"不，很要紧。我会做得更好的。就是因为——呃，我对你说过，我曾经是一个孤儿。"

孩子们全都点点头。

"所以我没有一个很好的爸爸可以学习。在我十二岁之前，我确实短暂地拥有过一个爸爸，可他一直都不怎么喜欢我。他总是叫我笨蛋，每个星期都要缩减我的零用钱。而且——"他开始哽咽，讲不下去了。

"吐在我被子上的人怎么样了？"温妮弗雷德问。她在试图转换话题，因为她不喜欢看别人哭。

里奇的父亲清了清嗓："我告诉院长，他们可以来这儿。我们有很多房间，至少可以待到我们不得不把房子卖掉的时候。我不知道我还可以做些什么了。"

"不过，他们的姓氏是威洛比，"他喃喃自语道，"这不是太奇怪了吗？"

33
不欢而散

"近在咫尺了！"本·普尔一边想，一边爬下了驾驶室，现在他已抵达西雅图郊外。司机把沉重的背包递给他，然后便开走了，既没有说"再见"，也没有说"祝你好运"。

但这个司机差点就买了百科全书！有几百公里的路程可以用来推销他的百科全书，所以本并不着急，毕竟经常有人想要立刻关上门拒绝他。但是，这个家伙听完了他的介绍，而且表现出了兴趣，甚至还问了支付方式。

那是什么时候开始变糟的呢？他试图回想起来。大约是他们不得不在加油站停下来，去上个厕所，买杯难喝的咖啡那时吧。那儿有一张野餐桌。是的，就是在那张野餐桌旁，事情开始变糟了。在驾驶室内，那个司机听本侃侃而谈，而且真的表现出了兴趣。于是到了休息区，本把背包里所有东西都倒了出来，把样书一一摊开，铺在木桌上。桌子边缘有一坨干了的鸟粪，他回想起来。他询问过司机的家庭情况，知道他有孩子，于是开始谈论知识的重要性，如果孩子们在家就能使用百科全书的话，他们的成绩一定能节节攀升——

司机打断了他。"那是什么？"他指着问道。

本看了看。"哦，只是一些带给孩子们的纪念品，石头。我的小女儿对地质学特别感兴趣。我给她寄了整整一盒，然后留了这几个，希望在我回家的路上能带给我好运。"

"我和她会在'G'开头这一卷上花很多时间。或者也许是'M'卷，矿物学。你的孩子呢？他们有什么爱好？"

"我能看看吗？"司机拿起那几块闪闪发光的条纹石头，在手里把玩着。

"他们也许喜欢运动？我跟你说，有一个部分是完全关于'职业棒球联赛'的。我儿子是洋基队的粉丝。但没关系，所有的球队都在上面。呃，可能没有亚利桑那响尾蛇队和坦帕湾光芒队。他们太新了。"

"这个你还有吗？"司机问。

"没在我身上。这些只是样书。等你下单，付了订金之后，公司就会寄出来，一个月寄一卷。因为我一直在旅行，所以这些都旧了。你不会想要这些的。你拿到手的一定是崭新的书。"

"我是说石头。"

"那不卖。"本·普尔伸手把石头拿了回来，扔进背包。它们分散了司机的注意力。

后来，他们继续往前开时，无论本多努力，都无法重新点燃司机的兴趣。不知为何，司机被那两块石头迷住了。

"你知道吗？你欠我油钱，"当他们快要抵达美加边境线时，司机突然说，"要不然你把那些石头给我吧，我们就一笔勾销？"

本·普尔差点就同意了。但他把手伸进口袋里，掏出了一张二十美元的钞票。这是他在这漫长且失败的一年结束时，剩下的全部的钱了。"给。"他把钱递给司机。本来他想，如果这家伙订了百科全书，他兴许会把石头送给他做赠品。可他不想这么做了。司机变得烦人了。最后，连他们之间的沉默都变得让人不舒服且略有敌意。他们入境时耽误了一会儿，因为本试图引起海关人员对百科全书的兴趣，但没有成功。最后，他们快要抵达西雅图时，他告诉司机他要下车。他想，没必要进入大城市了。他只要站在郊区的高速公路边上，等着搭上向东去的车就行了。

他发现自己莫名其妙地生那些石头的气，害他失去了一次成功出售百科全书的机会。他把手伸进包里，穿过那些书，在最底下摸到了它们，石头躺在一层沙砾里。他想把它们扔掉，真是让人倒霉啊。

但是，就在那时，有一辆轿车减速停了下来。他连忙拉上背包拉链，爬进了后座，已然开始好奇前排的这对老年夫妇，也许有兴趣给他们的孙辈买一份超棒的礼物，可以提高孩子们的智商。

34
修理玩具车

第二天早上，玩具车的轮子如约到货了。快递车驶入车道时，普尔兄妹和里奇都在公馆里。轮毂盖涂成金属银色、亮闪闪的黑色塑料轮子来了。他们一致认为非常合适。

"能让我来吗？能让我把新轮子换上去吗？"里奇拿着那辆小车，现在它已经被打磨过了，并涂成了鲜红色。

"里奇，这是温斯顿的车。"他的父亲提醒他。

里奇牢牢地抓着车。"温斯顿，我跟你换吧，"他提议说，"怎么样？我把我的遥控兰博基尼给你！"

可温斯顿摇了摇头："对不起。这是我爸给我做的。最开始只是一块木头，他刻出了车子的形状。温妮弗雷德，你还记得吗？"

她点点头："他还不小心切到了手指。车上原来有一个小血点，后来被涂料盖住了。"她指了指车身底部原来血点所在的位置。

"所以我没法拿它交换，我爸希望我留着它。"温斯顿伸出手来，里奇不情愿地把它交了出去。

"里奇，你知道吗？"他父亲说，"我们买了——多少个来着？二十四个轮子？"

里奇点点头。温斯顿已经把四个轮子摆在了桌上，开始拧右前轮了。打开的包装就放在附近，轮子包裹在塑料中。

"所以还剩几个？数学题！"

里奇、温妮弗雷德和温斯顿一起嘟囔起来，因为这太简单了。他们一起回答："二十个！"

"好。里奇，拿四个轮子，然后我们去找一块木头，我来给你做一辆！"

里奇开心地笑了："爸，你根本就不会啊！你连合适的刀都没有！"

蒂姆·威洛比指了指里奇的电脑。"去找找有没有不贵的刻刀。那绝对是我买的最后一样东西了。我就要注销最后一张信用卡了。"

"我来帮你。"一个低沉的声音出乎意料地响起。梅勒诺夫指挥官再次出现在游戏室的门口。这次，他穿好了衣服，浓密的白发也梳好了。

"爷爷，您会雕刻吗？"里奇问。

"你以为最开始的复活节糖果是怎么来的？那些棉花糖做成的兔子和小鸡，第一版设计都是我自己雕刻出来的！就在楼上那个实验室里。我记得，兔子尾巴费了我不少功夫。雕刻棉花糖可不是件容易的事。用牛轧糖可能就容易多了。"

"指挥官，想想看，"蒂姆·威洛比悲伤地提醒他，"美国儿童再也无法体验到糖果的乐趣了。"

梅勒诺夫指挥官并没有注意。他还在追忆往昔。"甘草味的糖最美好了，"他嘀咕道，"请为另一个巴纳比默哀片刻吧，他最喜欢扭舔糖了。"

他们虔诚地安静了下来。温妮弗雷德心想，难道在修道院里，糖果也成了违禁品？修士需要遵守那样的法律吗？

"那时保姆还在我们身边。"梅勒诺夫指挥官打破了沉默。他擦了擦眼睛，接着突然抬起头来。"诗来了。"说着，他便朗诵起来：

"曾经有个女人名叫保姆……"

"拜托，爷爷，别念低俗的那首。"里奇说。

梅勒诺夫指挥官稍稍皱了皱眉，继续念道："一个期待当奶奶的人……"

他停了下来，深思片刻："算了，我太难受了，没法继续念了。"

坐在电脑前面的里奇宣布："找到了！木雕套装。有些还有说明书呢！"

"儿子，买最便宜的就好。"蒂姆·威洛比说完转向养父，他正在用手帕擦拭着眼睛，"您还好吗，指挥官？"

梅勒诺夫指挥官吸了吸鼻子。"还行。"他说。

"想想甘草吧。"温妮弗雷德建议道。

他容光焕发起来："啊，那些美妙的日子，甘草的时光！但那时我还没有收养蒂姆和他的兄弟姐妹。一个人待在公馆里真是无比孤独啊。我的儿子，另一个巴纳比，他小时候是个不爱说话、非常内向的男孩，他和我妻子一起去了欧洲。我妻子——说实话，我从没真正喜欢过她。她是个一丝不苟的人——她会测量我的头发，只要长了四百分之一寸，她就一定要我去理发，因为那会让她非常紧张。所有东西她都贴上了标签，包括我的内裤。总之，她和一个邮差跑了，然后——"

"邮差？"里奇问，"是我们的邮递员肖内西先生吗？他一直穿着一条美国邮政的短裤，大冬天也是。他也很喜欢标签。肖内西先生说，他喜欢人们打印地址标签，因为那样更容易阅读。"

"不，不，"他爷爷解释道，"不是肖内西先生。那时候他大概还是个孩子呢。这差不多是三十年前的事了。总之，我妻子和一个瑞士邮差跑了。事实上，他是个邮政所所长。他的名字好像叫汉斯什么，也许是弗里兹。"

温斯顿和温妮弗雷德一致说道："《瑞士邮政系统》！可能会让人痛苦！"

"确切地说，"梅勒诺夫指挥官说，"是让人非常痛苦，因为——"

这时，门铃声打断了他。

35
一张明信片

那天傍晚，普尔太太按响了公馆的门铃。她梳好了头，熨好了裙子，期待也许他们会再次邀请她吃饭，也许草莓酥饼会再一次出现在菜单上。

但她来是出于另一个原因。

"我得见见我亲爱的孩子们！"里奇的母亲打开门时，普尔太太说道，"快看！"她举着一张明信片，"我收到他们父亲的来信了！"

温斯顿和温妮弗雷德从游戏室里出来，和母亲凑在一起，读着她手上那张明信片。

亲爱的家人们：

我已经好几个月没有酩酊大醉了，但我还很抑郁，因为没有钱。一套百科全书都没卖出去。我要回家了，回来研发一种新的销售技巧。我给你们都带了纪念品：给两个孩子的石头，给我最亲爱的妻子的一朵花。如果一切顺利的话，星期六我就能到家。

亲亲抱抱
中·普尔

"哪天是星期六？"温妮弗雷德问。

"后天。"她哥哥说。

"什么叫'酩酊大醉'？"

"就是喝了太多酒，亲爱的，"普尔太太告诉女儿，"你还记得吧，你亲爱的父亲时不时会有这样的倾向。"

"那他现在不会了？"

"嗯，看起来是的。"

"他还给我们带了纪念品！"温妮弗雷德尖叫道。

温斯顿皱着眉说："石头？"

"我喜欢石头，"温妮弗雷德说，"你知道吗，一块石头里面可以包含很多种不同的矿物质。"

"还有给我的一朵花！"她母亲说，"好浪漫啊！但我必须记得，如果有叶子，一定不能用来做沙拉了，好像我客人的问题就是沙拉导致的。"

"那两个奇怪的客人！有人知道他们怎么样了吗？他们还活着吗？"温斯顿问。

里奇的父亲在楼梯下听到了，里奇在他身边，拉着他的手。"他们好点了，"他对普尔一家说，"我想我最好告诉我妻子他们要来这里——因为我们不得不让女佣们离开，她会有点不高兴。应该是星期六来。"

"我的天哪！"普尔太太说，"我丈夫也是那天回来！为大家一起举办一个欢迎回家的聚会，这个主意棒不棒？当然，举办这样的活动，我家的小房子会有点拥挤……"

她等着。

"那会是——我想想——我们普尔家四个人，加上里奇和他父母——七个了——还有客人，他们叫……"

"好像是姓威洛比。"里奇的父亲说。

"和我爸同姓！还有我！"里奇说。

"只是个巧合。"他父亲说。

"是的，他们俩。那就九个人了。"普尔太太继续说道。

"还有爷爷，"里奇说，"但他不姓威洛比。"

"那就十个人了！对于我家那可怜的餐桌来说，人有点多……"

她等待着。

终于，她说道："好吧，我猜我可以做自助餐。是不是挺好的？我没有十把刀叉，但大家可以用手吃。我可以做一大份沙拉！我知道我的上一份沙拉出了一些问题，但是——"

里奇的父亲叹了口气，打断了她。"我想，如果在这儿举办的话，"他无可奈何地说，"会明智一点。"

"太好了！"普尔太太说，"也许吃完晚饭，我丈夫还可以介绍一下他的百科全书。"

36

不幸的沙拉

威洛比夫妇脱离生命危险了，从重症监护室出来，搬进了一个共用的私人病房。因为这对神秘的夫妻好像既没有保险，又没有存款，也没有收入，虽然行政官还没搞清楚医院应该如何收费，但他们已经意识到了，这两位不寻常的病人是非常有价值的。

不知怎么的，秘密泄露了，媒体的电话蜂拥而至。原来是一位实验室助理偶然听到了关于病理报告的谈话——这对夫妇在多年后被解冻——并通知了报社。

现在，医院收到了采访的请求。一位出版商抛出了图书合同。每个电视台都渴望做一场特别节目，深夜喜剧演员已经开始表演关于低温物理学的节目（当一个被冻上的人解冻后苏醒过来会怎么样？他得付消冰税①）。一名记者把照相机和录音笔揣在兜里，拿着一把扫帚和一个簸箕，扮成清洁工，试图混进威洛比夫妇的房间。但他被拦了下来。所有的电话都被拒绝了。到目前为止，这个消息还没有向公众公布。

---

①Ex-ice tax，消费税（excise tax）的谐音。——译者注

吃过不幸的沙拉①之后，威洛比先生和太太虽然感觉有些好转，但对个人历史中的三十年缺失很难适应。

"这句话什么意思，'无烟医院'？"威洛比太太对推着她去放射科给她的脚做X光检查的护工说。她正在看走廊墙上的一个牌子。

"就是写的那个意思，"护工解释道，"任何地方都不允许吸烟。"

"哦，太疯狂了！万一我想坐下来吸一根烟怎么办呢？我得到医院外面去，找一个餐馆或者别的什么地方吗？"

护工惊讶地看着她。"餐馆也不允许吸烟。"她说。

"是吗？这是从什么时候开始的？"

护工耸耸肩："我不知道。我出生前就是这样了。"

然后，他们的病房内，威洛比先生在看挂在墙上对着床的电视。她被推进来时，他向她瞥了一眼。"你猜怎么着，"她对他说，"无论在哪儿都不能吸烟了。"

"怪不得没有香烟广告了。"他说。

"电视也都很奇怪。什么是收费频道？"他妻子问，"什么是HBO？"

"我不知道。"

她从轮椅上站起来，爬上他旁边的床。"我的脚没事，"她说，"只是个水疱。"

---

① 这个当书名是不是很棒——《不幸的沙拉》？如果我在书店看见了，我会买的。

"我早说过了，是你鞋子的问题。"

她叹了口气："我知道，你说得对。我得想办法弄一双新鞋了。"

护工展开毯子，给威洛比太太盖好，在推着轮椅出去之前，护工抬起头来说道："你知道鞋码的话，在美捷步①就能买到很好的鞋。谷歌一下美捷步就能找到他们的网站。"她随口说道："一会儿见。过会儿我给你们送晚饭来。"然后，她便离开了病房。

"那个女孩刚刚说什么？"威洛比先生用遥控器关掉电视，转向妻子说道。

她也一脸迷茫："我想她说的是谷歌美捷步的鞋子，或者是美捷步谷歌的鞋子？"

"什么意思？"

威洛比太太把头埋在手掌里哭了起来。"我也不知道。"她说。

丈夫凝视了她一会儿。然后，他也开始流泪了："我什么都听不懂。什么是英国脱欧？谁是汤姆·布雷迪②？什么是脸书？"

---

①一家出售鞋子的电子商务网站。——译者注
②美国职业美式橄榄球运动员，曾七次获得超级碗冠军。——译者注

37
普尔先生回来了

星期六傍晚，胡子邋遢的本·普尔，带着一头乱发、一身酸痛、两手黑黢黢的指甲、一双破洞的鞋和一个巨大的微笑，敲响了小房子的门。迎接他的是幸福的尖叫和热情的拥抱。终于回到家，再次见到妻子和孩子，他真是太高兴了。他在餐桌旁把背包里的东西都清了出来。首先是两本百科全书样书，他翻开其中一本，从中间拿出一朵扁平的干花，用夸张的动作递给妻子。

"火草，"他说，"学名宽叶柳兰。我在矿溪摘的。"

普尔太太擦去一行眼泪。"我想我这是喜悦的泪水，"她解释道，"或者有可能是对火草过敏。"

他把破旧不堪的样书放到一旁。"在路上那么久，这些书都一团糟了，"他说，"一份也没卖出去。对不起，我没有给你们带回来财富。你们应该拥有富裕优渥的生活，我亲爱的家人们。"

"没事的，父亲，"温斯顿说，"我还有你给我做的那辆玩具车呢！"

"而且你说你给我们带了一些石头作为纪念品！"温妮弗

雷德补充道，"你知道我有多喜欢石头！"

他们的父亲把手伸向空背包里积有沙砾的底部，拿出那两块带了一路的石头，给他的"双赢"孩子一人一块。

"快看亮闪闪的地方！噢，真希望我有口袋。"温妮弗雷德一边说，一边揉她的裙子。

"我们买不起有口袋的衣服，"她的母亲提醒道，"但你有裙子穿已经很值得感激了。有些小姑娘连裙子都没有。"

温妮弗雷德叹了口气，低声对母亲说："母亲，你又'妈咪'了。"

"对不起。"

"没事儿。"温妮弗雷德说完，把她那块石头放在了窗台上。

"我有口袋哦，"温斯顿吹嘘道，"男孩的裤子一般都有口袋！不过我也要把我的石头放在窗台上，挨着你的。我的口袋要用来装我的玩具车。"

"我讨厌提起这个，"普尔先生一边说，一边环视着厨房，"但我已经很饿了。从南达科他州开始，我就没吃过东西了。在南达科他州的皮埃尔，一个好心的卡车司机请我吃了一顿炸鸡晚餐。你们知道那其实念'皮尔'吗？有些人会用法语的发音来念。但如果你有一本百科全书的话，你就知道全美国所有州的首府该怎么念了。"

普尔太太打开了冰箱，正在挪动一些容器。

"别吃她做的沙拉。"温斯顿低语道。

"还有剩下的稀粥，"普尔太太说，"不过现在几点了？有人知道吗？"

谁也没有表。厨房墙上的钟好几个月前就停了，需要换电池了。

普尔先生打开后门，走进后院，抬头看了看天。"我在阿拉斯加学会了看天，"他说，"当然，我得调整一下时区，不过我认为现在是下午五点①。"

"那样的话，"她妻子说，"稀粥就留到明天早上吧。该去隔壁了。他们邀请我们过去吃晚饭。"

①我们不太清楚他们住在哪儿。但我猜应该是美国东北部。也许是康涅狄格州的哈特福德？

38
威洛比夫妇出院

威洛比夫妇终于获准出院时，天色已晚。他们等了好几个小时——不幸的是，仍旧穿着皱巴巴的病号服，趿着一次性拖鞋，因为漫长的旅行和呕吐物留下的污渍，他们的衣服已经破烂不堪。但是他们不得不等着手续都办完。然后又过了几个小时，医院行政人员才终于想出办法，诓骗那些多日来堵在医院门口的记者。

终于，一辆长长的黑色灵车从一扇不起眼的后门开了进来。这个好主意实际上是蒂姆·威洛比想出来的。他甚至还建议把这对夫妻装进棺材里，然后抬出去，但他们不敢进去。车上下来两位穿着肃穆西服的中年男性殡仪员，扶起这对略显踉跄的夫妻。夫妻俩爬进车厢，摇摇晃晃地坐到座位上，随着车子静悄悄地离开了。

在黑暗中，威洛比先生搂住了妻子。"你还记得有一次我说你像一匹河马吗？"他低声道。

她吸了吸鼻子，"你不该羞辱我，"她说，"我确实需要减肥了。"

"不不，不是那个意思！我的意思是——对不起，我不会说话——你看上去很坚定，很坚决。就像一个人设定好了目标，然后朝着它努力，克服很多障碍，百折不挠，然后——"

"就像一匹——"

"是的，亲爱的。就像一匹河马，如此出色的野兽。"

"谢谢，"威洛比太太嘀咕道，然后攥紧了他的手，"我们能渡过这个难关的。在我们慢慢适应期间，梅勒诺夫指挥官一家人让我们住在他们奢华的家里，真是太好了。"

"我只希望——"他丈夫刚要开口。

"我知道，我也希望我们有衣服。病号服太蠢了，还是从后面开口的。"

"亲爱的，其实，"威洛比先生继续说道，"我刚才是想说，我开始希望，在事情都走上正轨的时候，我们能和我们的孩子们在一起。"

"是啊，我们的孩子，"威洛比太太伤心地说，"也许我们不应该如此痛恨他们。"她吸了吸鼻子，"你以前总是叫老大笨蛋，还记得吗？我又忘记他叫什么名字了。"

"蒂姆。嗯，他有时候很笨。但他是我们的第一个孩子。"威洛比先生的声音里带着一种希冀之情。

"我们不能再去想他了。让我们着眼于未来吧。"

前排座位上，一位殡仪员转过头来，看着漆黑的车厢，说道："你们还好吗？要不要听卫星广播？"

两位乘客沉默了。"什么是卫星广播？"威洛比太太低声问丈夫。

"不知道。"他低声回答。"不用了，谢谢！"他对司机喊道。

"再过十多分钟就到了。你们还舒服吗？"

他们俩手拉手，一边在灵车转弯时维持着平衡，一边回答他们很好。

39

饥肠辘辘

在不远处的公馆里，普尔太太向里奇一家人介绍了自己的丈夫。

"很抱歉我的衣着不太正式，"本·普尔对身着燕尾服的梅勒诺夫指挥官说，"很长时间以来我一直在路上。"

"完全可以理解，"梅勒诺夫指挥官回答，"我自己也曾悲痛地前往过几次瑞士，每一次回家都很颓废。顺便说一句，我很喜欢你的格子衬衫。你看起来非常，呃，纯朴。"

"您结束悲痛的旅行回来时，觉得饿吗？从南达科他州开始我就没吃过饭了。"他们都站在走廊里，本·普尔却在朝餐厅里面瞄。厨房的工作人员，尽管已经被解雇了，也没有薪水可拿，但出于忠诚，决定回到豪宅准备最后一顿丰盛的晚餐。普尔先生看见长长的桌子上摆放着一只大火腿，还奢侈地装饰着菠萝片，好像还有一盘炸鸡和几道芝士通心粉焗菜——会不会是菠菜奶酥呢？看起来真的特别像菠菜奶酥。"我有点饿了，只是一点点饿。"他极力让自己的声音听起来不像呻吟，"实际上，是饥肠辘辘了。"他压低声音说道。

"确实，那些日子里我经常感到饥饿，因为我很孤独……

直到我遇到了保姆，她是个手艺超群的厨师。你看见她了吗？就在墙上。一个帅气的女人。我的天哪，她做的海鲜砂锅，我回想起……"

本·普尔强忍着抽噎。"海鲜砂锅？"他呻吟着，朝餐厅里瞄去。

"有一首诗。"梅勒诺夫指挥官说。

"爷爷，别念下流的那首！"里奇尖叫道。但指挥官仿佛没听见。

"曾经有个女人名叫保姆，

她的烹饪技巧不可思议……"

本·普尔发出一声响亮的呻吟。

"怎么了，普尔先生？"里奇的母亲问，"哪里痛吗？"

本·普尔深吸了一口气："不，没有哪里痛。我想，应该称之为饥饿的痛苦。我刚刚只是对那首可爱的诗里的'烹饪'这个词产生了一些反应，同时我也注意到了一股曼妙的香味，好像是来自——我猜那一定是餐厅？"

"是的，餐厅。但首先我们要去客厅，就在走廊那头，简要地聊一聊糖果公司的历史。遗憾的是，公司倒闭了，可我们仍怀念着它的往昔，所以想通过这次聚会来纪念它。孩子们，你们可以带路吗？也许另外的客人很快也就到了。"

里奇、温妮弗雷德和温斯顿沿着长长的走廊跑了过去，在经过保姆画像时都稍稍停下来，恭敬地向它点了点头。然后他们打开了客厅的大门。大人们跟在他们身后。其中，本·普尔已经开始抽泣了。

40

幻灯片

"指挥官，"蒂姆·威洛比说，"投影仪和屏幕我都已经帮你设置好了。"他转向客人解释道："指挥官要演示一份幻灯片。

"我想补充的是，我们已经和当局核实过了，展示糖果的照片和谈论糖果都是不违法的。"

大家都礼貌地笑了笑（除了本·普尔，他在一张古董桌子上发现了一小碟违法的薄荷糖，然后偷偷摸摸地放了十四颗到嘴巴里）。

"爷爷，我来播放吧。"里奇说。

屏幕上的第一张照片，是一条简单的、没有包装的巧克力棒。

"这是我的第一个产品，"梅勒诺夫指挥官解释道，"非常简单。只有巧克力——半糖的，如果我没记错的话。没有坚果，也没有葡萄干。是我在墨西哥学习了古法制作巧克力之后创作出来的。玛雅古墓中有可追溯到公元400年的容器，里面存有巧克力饮料的残留物。"

他翻到下一张照片，是一座玛雅古墓。

"里奇刚会走路时，我们带他去了一次墨西哥，"里奇的母亲喃喃道，"但我觉得他对博物馆好像不太感兴趣。他喜欢酒店里的儿童游泳池。"

"是啊，我记得亲爱的温妮弗雷德那么大时，"普尔太太也喃喃道，"当然了，我们从来没度过假。不过我们家院子里有一个充气小泳池，后来猫把它挠坏了，用不了了。后来，我把它剪成很多长方形，做成了餐垫。"

"我知道，如果我们有钱去度假的话，爸爸会愿意和我们一起去的，"温斯顿说，"对吧，父亲？"他朝父亲看去，本·普尔正瞄着附近桌子上的一碗葡萄，并悄悄地从沙发上挪过去，以便能够到它。他嘀咕了一句，表达了"是的，我愿意和家人们一起去度假"的意思。

"但墨西哥太平洋海岸的一处考古遗址表明，巧克力饮料可以追溯到公元前1900年。"梅勒诺夫指挥官继续说道，然后向里奇点点头。里奇播放出下一张幻灯片，上面有一张表格和一条时间线。

本·普尔轻轻地呻吟了一声，从碗里拿起葡萄，塞进嘴里。

"阿兹特克人将可可融入他们的文化，但他们自己却不能种植可可豆。他们非常重视它，甚至有些人用可可豆来交税。这个可爱的小雕像就是一个背着可可豆荚的人。它现在在纽约布鲁克林博物馆。"里奇播放出一张原始石雕的照片。

"真是太有意思了，"温妮弗雷德说，"是不是很有趣，父亲？"她看向本·普尔，他现在嘴巴里塞满了葡萄，没法说话。"嗯呃。"他咕哝道。

下一张图片是一只棉花糖兔子，待在一个复活节篮子里。

"我继续了，就像你们知道的那样，早期朴素的巧克力慢慢升级成了较为精致复杂的糖果。里奇，你能展示一下我们最受欢迎的商品吗？如果有关于某种糖果的问题，请告诉我，我们可以多了解一下。"

本·普尔凑过去，低声问里奇的母亲："窗户下面桌子上那个碗里的苹果是真的吗？还是蜡做的模型？"

"是真的。"她低声回答。

"对不起。"他对坐在两侧的人说，然后站起来，走到窗边的一张古董椅子上坐了下来。"请继续。我在听呢。"他向梅勒诺夫指挥官保证。

照片一张接一张地播放着。巧克力棒、拔丝糖蛋、薄荷糖棒、乳脂软糖、著名的甘草味儿糖棒——扭舔糖。（这张照片出现时，所有人都惊呼了一声"哇"。）

窗边的椅子上传来一记爽脆的声响，暴露了本·普尔正在吃苹果。

梅勒诺夫指挥官拉了拉他的领结，调整了一下腰封①。"老实说，"他补充道，"我的第一任妻子和我不太合得来。我解释过，她是一个非常整洁的女人。整洁并没有错！可每天晚上她都要到我三楼的实验室来。我在发明更新奇、更多的美味糖果，在那个实验室里配制不可思议的混合物。她每次都把东西倒得干干净净，把所有的容器都清洗一遍，连我的配方也要撕碎扔掉。于是每天早上我都得从头来过。当她独自去度假时，

①你不知道什么是腰封吧？最好在参加舞会之前弄清楚哦。

我真是松了一口气。终于有机会不受打扰地工作了。"

"爷爷，她去哪儿度假了？"里奇问。

"去了欧洲。里奇，你能去书房把那本关于阿尔卑斯山的书拿来吗？"

里奇紧张地朝母亲看了一眼。"那本书是贴了MBD的。"他说。

"去吧，亲爱的，"他母亲说，"你爷爷确定想要你去，你就可以去。"

梅勒诺夫指挥官对里奇点点头，于是他离开了客厅。大家能听见他急奔上楼的声音。片刻之后，里奇回来了，将那本书交给爷爷，回到了自己的位子上。

梅勒诺夫指挥官把书翻到中间，找到了一份色彩鲜艳的地图。他举起书，手指着地图，在观众面前来回走动，以便每个人都能看见。"采尔马特峰，"他说，"她去了那儿。"

坐在窗边吃着苹果的本·普尔说道："如果有人想了解更多关于采尔马特峰的信息的话，我有一本神奇百科全书的'Z'卷，就在隔壁。"

"其实她没有到那儿，"指挥官说，"她准备要去那儿，乘坐了一趟私人专列，顺便说一句，这趟专列非常豪华。但是在路上……"

"里奇，你能去书房把那本关于雪崩的书拿来吗？"

"天哪，"里奇的母亲嘀咕道，"您确定吗？那也太MBD了吧。"

梅勒诺夫指挥官没理她，直接冲里奇点点头。于是长长的楼梯上再次响起了脚步声。很快，里奇便把那本关于雪崩的书拿来了。

"您的意思不会是她被——"温妮弗雷德惊恐地说。

"是的，亲爱的。被雪崩埋在了下面。"

"天哪！可她成功获救了？"

"最后是的。但是，她和我们的儿子——"

"另一个巴纳比。"里奇解释道，他环视一周，"安静片刻吧？"他提议道。

他们立即安静了片刻。接着，梅勒诺夫指挥官继续说道："他们留在了获救时的那个小村子里，后来她遇到了邮政所所长，他和她一样整洁——一切都得按字母来排序，当然，那是在邮局里——最后，顺理成章地，我收到了一条消息：我们的婚姻结束了。然后她变成了汉斯太太，或者也许是弗里茨太太。"

里奇的父亲站了起来："但后来您就遇到了保姆——"

"曾经有个女人名叫保姆，"梅勒诺夫指挥官以一种恭敬的口吻说道，"她有一个无与伦比的——"

蒂姆打断了他："无与伦比的厨艺！我还记得她做的甜点——焦糖蛋糕！"

本·普尔从椅子上跳了起来。"我刚刚听见了什么？"他问，"焦糖蛋糕吗？"

"走吧，我们去餐厅吧，"里奇的母亲说着便站了起来，"不用等其他客人了。看来他们要迟到了。"

他们朝餐厅走去，温妮弗雷德来到梅勒诺夫指挥官身边，牵起了他的手。他的故事让她很难过。

"真抱歉您的妻子被雪崩埋住了，"她说，"那就是为什么那本关于雪崩的书被贴上了MBD吧。"

他惊讶地看着她。"噢，天哪，不，"他说，"雪崩确实很让人沮丧，但我妻子活下来了。让我激动的是，她决定不回来了。我只希望她没有承担起重组瑞士邮政系统的任务。这使得我几乎不可能把甘草糖运到瑞士去。最终我有整整一船的扭舔糖在鹿特丹被扣押下来了，过了好几个月才放行。"

"天哪！"温妮弗雷德说，"那也——"

他们走进餐厅时，梅勒诺夫指挥官把她的后半句话补全了。"是的，"他说，"确实，非常MBD。"

"反正现在都是违法的了。"温妮弗雷德悲伤地说。

"等一下！"温斯顿大声说道，"我一直在想这个，我妹妹一直在想矿物，但我对那不感兴趣。我真正感兴趣的是机械。刚才我们看那个糖果工厂幻灯片的时候，我在想那些大桶、压缩机、标签机、机器人，还有分配口味的机器，威洛比先生，你们的口味分配机还在吗？"

"当然在，"蒂姆·威洛比说，"我们会把所有东西都拍卖掉，现在工厂已经倒闭了。"

"不要那么快，"温斯顿说，"完全可以重新调整它的用途！想想看啊！每天晚上，每天早上，有什么事是我们每个人都会做的？我们会去卫生间，然后我们……会做什么？"

里奇咯咯地笑了。"那不合适。"他说。

温斯顿尴尬地龇牙咧嘴了一番。"我的意思是，"他解释道，"我们都要刷牙。"

大家点点头。

"那么，"温斯顿继续说道，"如果我们的牙膏就是过去那种熟悉的香甜味道，会怎么样呢？"

"扭舔糖。"梅勒诺夫指挥官嘀咕道。

"没错！很容易就能把机器改装一下，让它制造同样的口味，制成膏体，挤进管子里，然后就搞定了！我们可以把它叫作……"

他等待着。但没人回应。

"扭舔膏！"

房间内爆发出一阵自发的掌声。

里奇的母亲听到外面有声音，于是出去开门。她回到房间时，面露担忧。"蒂姆，"她对丈夫说，"来了一辆车，看起来像是灵车！"

41

顺其自然

经历了两小时的混乱、困惑和惊讶，以及最后丰盛的香草冰激凌和山核桃派后，大家再一次回到了客厅里。但现在多了两个人，他们穿着长度过膝的病号服，背后是系带的，不幸地开着口。

这两个人坐在天鹅绒沙发上，蒂姆·威洛比坐在他们中间，看起来震惊极了。他搂着他们俩。"父亲！"他一直在说，"母亲！"

亨利·威洛比递给儿子蒂姆一个信封。"都皱了，"他抱歉地说，"我们进医院时，它在我的裤子口袋里。现在我的裤子已经完蛋。恐怕我吐在上面了。我只剩这身荒谬的病号服了，还没有口袋，但是——"

"我给你找些衣服吧，"蒂姆说，"我们俩身材差不多。还有你，母亲。保姆的衣服我们还留着。"

"只要不是棕色，随便什么都行。"威洛比太太说。

亨利·威洛比打断了妻子，暗示了一下那个信封。"住院期间，我一直揣着它，"他对蒂姆说，"这算是我们的一份官方声明。"

"拜托，"蒂姆说，"还是别讨论声明了吧。最近我一直在读各种让人沮丧的银行声明。"

"那种情况会改变的，"他父亲说，"这是另一种不同的声明。"

"是什么啊，爸爸？"里奇看着蒂姆手里那个封了口的信封，问道。

"我不知道。那我打开看看吧。"蒂姆撕开信封，取出一张彩色卡片，卡片上印着一匹鬃毛飘逸的骏马。"'对不起。'"他大声读道。

"别的印的都是兔子和花，只有这个了。"亨利·威洛比解释道。

蒂姆打开卡片，马的另一半露了出来，它的尾巴正在赶苍蝇。"……'我曾经是一个那什么。'"他读道。

里奇凑过去，看得更清楚了些。"你曾经是一根马尾巴？"他问亨利·威洛比。

"是的。我是个坏爸爸。我没有好好关注我的孩子。"

"我有一个好爸爸。"里奇开心地说。他抚摸着父亲的胳膊。

蒂姆·威洛比搂住儿子。"你们意识到了吗？"他对穿着病号服的夫妻俩说，"这是你们的孙子！"

他们震惊了片刻。"可我们还没到那么老啊，都有——"弗朗西丝·威洛比说道，"或许我们有那么老了？我怎么也想不明白！"

"那倒是提醒我了，"她丈夫说，"我们还有其他孩子！那对双胞胎呢？还有——噢，天哪——小简成了什么人？"

"都长大了，"蒂姆说，"事业有成，很幸福。我跟你说！喝完咖啡，我们去楼上用电脑跟他们视频通话。见到简你会感到惊讶的。她有文身。"

"爸爸，用Skype！"里奇提议道。

"什么是视频通话？"亨利·威洛比问，"什么是Skype？"

梅勒诺夫指挥官一直在收拾刚才用来播放幻灯片的投影仪。他突然抬起头来。"知道吗，"他说，"我还记得你们出事时的情形。实际上，我订了几份瑞士报纸，因为在那之前不久，我的妻子决定和瑞士的一个邮政所所长在一起了。不过报纸上说的不是这个！我的注意力被一篇报道吸引了，它说的是两个美国人决定攀登一座瑞士山峰——"

"雪山，"威洛比先生说，"是一座雪山。"

"是的，是的，当然了，"白发苍苍的老人继续说道，"可那两个美国人既没有合适的衣服，也没有装备。对不起，但那些记者都说——"

"我们有冰爪，"威洛比太太说，"只是我们不知道怎么穿而已。我要投诉里昂·比恩。亲爱的，冰爪就是在他们家买的吧？里昂·比恩家的？"

"不，我想应该是另一个公司的。但一定是他们的错，他们没有告诉我们怎么穿。"

"不过我觉得戴在头上挺好看的，亲爱的，你觉得呢？"她握住他的手。

"知道吗？"蒂姆·威洛比说，"我觉得你们俩，至少在爬山这个领域里，是笨蛋。"

亨利·威洛比一脸震惊。"这么说你的父亲真是太不像话了！"接着，他停顿片刻，"但我以前也那样说过你，是吗，蒂姆？"

"是的。你经常说。"

"你能原谅我吗？"

"当然。"蒂姆说。

"知道吗？"温斯顿说，"你们真应该谷歌一下冰爪。或者去油管上看看。我敢打赌，油管肯定有教怎么用冰爪的视频。"

威洛比太太突然站了起来。接着，当她意识到后背会暴露出来时，她又坐了回去。

但她仍大声地说："行了！我已经受够了那些谷歌、油管、视频通话、美捷步什么玩意儿的了，还有什么Ins和——Skype？那都是些什么玩意儿？亨利，在我们被冻住的那些年里，我们错过了一切！这不公平！推特又是什么？而且我连鞋都没有！"她哭了起来。

威洛比先生拍了拍她的手。但他看起来也有些沮丧，眼泪汪汪的。

他们的儿子蒂姆试着安慰他们。"母亲，"他说，尽管这个称谓对他来说有点尴尬，"那些一点也不用担心。一切都会走上正轨的。"

"顺其自然吧。"普尔太太嘀咕道。

"什么意思？"温妮弗雷德问，但没人回答。

"不过看看我啊！"威洛比太太哭叫着，"我比我儿子还要年轻！"

她丈夫突然凑到她面前。"弗朗西丝，"他说，"尽管我没戴眼镜，可我想我看到你脖子上的皱纹了！有点像——那种皱皮狗叫什么来着——沙皮狗？你看起来有点像沙皮狗！可能你真的开始变老了！"

"是吗？"她稍稍平静了下来，"我希望不要那么快。"

一直默默倾听的温妮弗雷德对里奇的父亲说："威洛比先生，有一本关于孤儿的书也贴了MBD标签。可你再也不是孤儿了！你的父母都活着！"

"我的前妻也是，"梅勒诺夫指挥官说，"她和她丈夫已经从邮政所退休了。他们都非常老了。但是，当我们都还年轻的时候，我和保姆……"他顿了顿，"曾经有个女人名叫保姆……"他伤感地吟诵起来。

"不，指挥官，"蒂姆轻声说，然后拍了拍他的手，"现在不行。"

"无与伦比。"老人咬了咬嘴唇，"好吧，总之，我和保姆还去那个瑞士小村里看望过他们几次。但真的很无聊。"

"有一本MBD的书是关于瑞士邮政系统的！我要去把那一整摞书都拿来，然后我们就能……我不知道，把它们扔进壁炉里吧！"温妮弗雷德离开了客厅，当他们再次听到一个年轻人在楼梯上奔跑的脚步声时，他们又笑了起来。

很快她便气喘吁吁地回来了。但她只拿来了一本书和一个放大镜。

"那本书不是MBD，"温斯顿说，"那是一本——"

"对！地质学的书！我一直在读它，后来把它放在椅子上了。我看见它时，突然想起来——"她开始翻阅那本厚厚的书，"碲、碲金矿，让我看看……温斯顿？"

"什么？"她哥哥一直在向父亲展示换上了新轮子的那辆小玩具车。他的目光离开玩具车，朝妹妹看过来。

"你回家一趟，好吗？把父亲带给我们的那些石头拿来，就在厨房的窗台上。"

"哦，好的。但你欠了我一个人情。"温斯顿离开了房间。

"我可以去，"温妮弗雷德说，"但我还着急要找到那一页。白碲金矿？我很好奇石头里那些亮闪闪的条纹是不是……有没有可能是……父亲，你在阿拉斯加的时候，去过金矿区吗？"

"好像去过。但没有人想买过时的百科全书。"本·普尔伤心地说。他瞄着那个水果碗。令人惊奇的是，他居然还有点饿。

"'过时'是什么意思？"亨利·威洛比问。他身体前倾，小心地调整了一下他的病号服，遮住了他的膝盖。

普尔太太解释道："这些书已经出版了三十年了。所以里面完全没有'人工智能'，或者，我想想，或者——温妮弗雷德，还缺了什么？"

"麸质不耐受、基因治疗、全球变暖、整个'G'卷都没有，它太过时了。"

"那大概也没有'谷歌'吧？"威洛比太太问。

"天哪，没有，我想它没有。"普尔太太说。

温妮弗雷德赞同道："没有谷歌。'V'卷也很糟糕。居然还有吸血鬼和维多利亚女王。但完全没有电子烟、威瑞森电信，也没有——"

温斯顿拿着两块石头回来了，他递给妹妹："给。门口有一个巨大的包裹。是你寄来的，父亲。你从阿拉斯加寄来的，太沉了。"

"都是石头，"本·普尔解释道，"更多的石头。"

"我想要一份。"亨利·威洛比大声说。

"恐怕不行，威洛比先生，"温妮弗雷德礼貌地说，"那是我们的爸爸从阿拉斯加那么老远寄给我的。它们是我的。"她拿起了放大镜。

"我不是说石头，我是说那套过时的百科全书。我要一套，我要两套，不止两套！你有多少我都要了。蒂姆？儿子，我的钱你还没全部花光吧？还留了点吧？"

"还剩一些，都在银行里。我没用你的钱，因为我继承了糖果公司。当然，现在那个——"

"帮我开个支票给这位——什么名字来着？破尔先生？给破尔先生开张支票。"

"是普尔，爸爸。他叫普尔。"

"我想了解一下，在我们被冰冻的那段时间，世界是什么样子的。我想把它们提供给学校！每个人都应该知道那是什么样子的！给普尔先生开张支票，把他所有过时的百科全书都买下来。"

本·普尔抬起头。他满嘴都是食物，他在水果碗里找到了一个熟透的水蜜桃："有人想要买我的——？"

温妮弗雷德放下放大镜，平静地说："我们不太需要那份钱了。这些石头都是金子，真的是金子。父亲，你猜怎么着！

你发财了！"

她的父亲并没有在听。他的目光仍在桌子上搜寻，看看哪里还有剩下的食物。

"最后这几颗葡萄有人要吗？"本·普尔问。大家纷纷摇头说不，于是他开心地一把抓了起来。"也许糖果消失了是件好事，"他说，"吃水果对身体更好。"他把一粒葡萄扔进了嘴里。

蒂姆·威洛比抬起头。他刚才从口袋里掏出了一支笔，在一沓纸上不断地添加一些数字。

"无论如何，"他说，"如果有一天他们决定撤销糖果禁令，到那时我们的牙膏生产线就可以进行升级。根据我的计算，我们可以同时生产扭舔糖和扭舔膏，也许甚至可以把它们打包销售？你们觉得呢？我脑海里出现了一个广告，一个孩子嚼着一块甘草糖，牙齿都变黑了，然后他滑稽地露齿一笑——也许这里可以用一个笑声音效——然后他去了卫生间，拿起牙刷，然后——"他顿了顿，又拿起了笔。他带着满足的表情，又潦草地写下几个数字。

温妮弗雷德站了起来。她拿起他父亲刚才用来削桃子的小刀，敲起了玻璃杯。所有人都不再讲话，朝她看过来。

"我刚刚理解了'顺其自然'的意思了！"她说，"这就是顺其自然。这就是！"她指了指房间里正在谈笑风生的人们，"这绝对就是最好的。"

接着，她也笑了。"哎哟，我想刚刚我也'妈咪'了。"她说。

保姆在走廊里的金色画框内，俯视着她这个新的非常幸福的大家庭，似乎也在微笑。

完结

Photo by Matt McKee

　　洛伊丝·劳里，1937年出生于美国夏威夷，从小喜欢阅读，立志成为一名作家。如今她已出版作品40余部，其中《数星星》和《记忆传授人》分别获得了1989年和1993年的纽伯瑞金奖。除此之外，她的代表作品还有《织梦人》《最后的夏天》《教堂老鼠的大冒险》等。除了纽伯瑞金奖，洛伊丝·劳里还曾荣获国际安徒生奖提名、玛格丽特·爱德华兹青少年文学终身成就奖、美国父母的选择奖金奖、《波士顿环球报》号角图书奖、美国金风筝奖等。洛伊丝现在居住在缅因州。